夫[illegible]始末

今も一つ屋根の下で

Ayako Sono

曽野綾子

講談社

続　夫の後始末　今も一つ屋根の下で［もくじ］

第二部

新たなる家族の来訪

第三部　人間の器量

帯写真＝永田忠彦　挿絵＝浅見ハナ　装丁＝竹内雄二

人生は喜劇か、それとも悲劇か

作家は連載を始める時、かなり筋を用意するものである。少なくとも、私は、人並みにだらしがない癖に人並みに気が小さいので、ストーリーの起承転結だけは、スタート前にはっきり決める。

連載で一番長丁場になるものは新聞連載で、これは毎日原稿用紙約三枚になる物語を普通は約一年近く書き続けるわけだ。

朝刊の連載だと夕刊の場合と違って日曜の休みもないから、略々《ほぼほぼ》三百五十日分で千枚ちょっとになる。三百六十五日分でないのは、それでも月に一回は休刊日があるからだ。

週刊誌も年間約五十回。こちらは一回が十枚から十五枚。その雑誌社の頁の配分で決められる。

作家になって初めての新聞連載を地方紙にすることになった時、私は先輩作家に言われた。

「新聞連載のこつは、たった一つなんですよ。駄作だって傑作だって大して違いはないんだ。毎日毎日、律儀に読む人だって少ないしね。作家の責任はただ、生きてその話を書き終えることだけなんだよ。そう思って始めたらいいよ」

これは多分に先輩が後輩の心を楽にするために言った慰めの言葉だと思う。絵画だって舞踊だって楽器の演奏だって、こちこちになるほど緊張していい結果が出ることはない。作家や演奏者は、のびのびと、只限りなくその人らしくあってこそ、力を発揮できるのだ。

この作品は、なぜかかなり突然始められた。私が夫を亡くしてがっかりしているその気持ちを引き立たせるためという編集者の配慮があったような気もするが、私はかねがね文学発表の場は、鵜飼の仕組みと似ていると感じていた。素早く魚を採って来る鵜は、観衆の喝采を浴びるが、鵜の頸部の下方にはちゃんと首結いと呼ぶ麻紐が縛ってあって、魚はどれだけ採っても胃袋に入らないようになっている。

作家が作品を完成する迄には、鵜匠に当たる係の編集者の支えが要る。鵜匠はいつも鵜の「顔色」を見ていて、健康状態や「やる気」を計っている。文学の世界も同じだ。鵜匠は鵜に魚を採らせるのが目的だが、鵜匠の役目をする編集者は「おだてたり、すかしたりして」作家に作品を書かせる。厄介なことだが総じて鵜は怠け者なのだ。だから酒を飲ませたり、ややオーバーにおだてたり、時には麻雀の相手を務めたり、バカ話をしたりする方が原稿が早く出来上る。

有能な鵜を摑まえればベストセラーも出るから、その鵜匠であるその編集者は多分、彼の働く出版社で隠然たる実力者になる。肩書の上で出世する人もいるだろうし、少なくとも社内で名を馳せる。それまで光っていなかった一人の作家の才能を掘り出し「ベストセラー作家」にまで仕上げた人なのだから、その社にとってはお宝だ。ナマナカな出世などしなくても、同業の他社にまで、目利きとして知れ渡る。

私くらいの高齢になると、どんな凡庸な人生でも総体として見ることができるようになる。何しろ周囲を見回しても一世紀に近い人生を生きて来た知人がいくらでもいるのだ。もっとも長生きすれば失敗の人生を見る機会も増えるから、喜劇を見ているのか悲劇を見ているのかわからなくなって、観客としての私は泣き笑いばかりすることになる。しかしそれで普通だ。

いつも思うことだが、書くのは作家だが、本を創るのは編集者である。作家は人生を切り取って見せることはできるが、その源泉のエネルギーの無言の存在に気づく側は意外なほど少ないように思う。

第一部

夫の死、それから

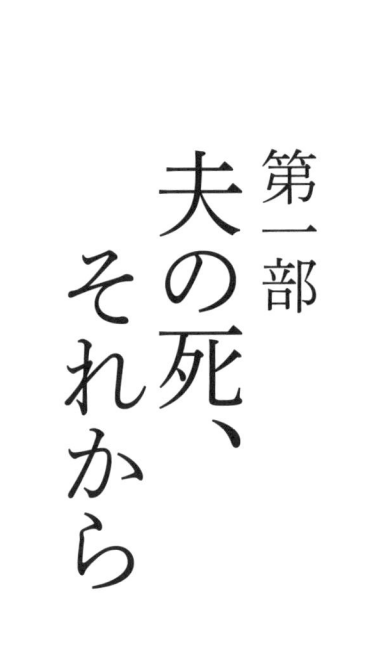

最後の日、思い出すこと

夫の三浦朱門が死去したのは二〇一七年（平成二十九年）二月三日である。彼は一九二六年の一月十二日生まれだから満九十一歳と二十日ほどの生涯であった。

しかし、決して文句は言えない。誰かが言ってくれた。人間九十歳まで生きられたら大成功なのだ、と。私もそう思う。九十年間もひどい病気も怪我もせず、たとえ患っても回復できた幸運は奇跡に近い。ほぼ一世紀の間の地球の大ドラマを見られたのだから、大贅沢だ。

夫の最期は肺炎であった。もっとも大抵の老人が肺炎で死ぬ。素人の推測だが、呼吸機能のために動く部品がだめになったのだろう。しかし考えてみれば当然だ。

九十一年間も使い続けられる部品なんて世の中にめったにない。自動車にも冷蔵庫にもない。それを思うと、人間の部品はすばらしく長持ちし、しかも錆び付きもせず複雑な機能を保っていた。

朱門はしかも長い間病むこともなかった。入院することになったのは、死の約一週間前のことだが、その時も、これで家に帰れないだろうとは彼自身も私も考えていなかった。

人間にとって、一寸先も見えないということは何というすばらしいからくりだろう。それでも、九分だけは見えているのだから、私たちはどちらに歩き続けたらいいかはわかるわけだし、しかし先が見えないおかげで一寸に近い希望だけは持ち続けることができる。

この哀しさを私は深く神に感謝したい。情ない人間にとっては、お金でも希望でも賢さでも、巨大なものは身にあまって、転んだり命を縮めたりする原因になるから、何でも小振りのものがいいのだ。

朱門はその頃よく転ぶようになっていた。今から考えてみると、これは脳内に小さな異変が起きていたに違いない。普通の大人は地面に肘や掌をつく形で転ぶ。しかし朱門はいつも顔面で着地した。三浦朱門には、身についたおかしさというか無様な要素があり、当人も家族もそのことを面白がっていた。

顔で転ぶと眼の周辺に痣《あざ》ができることもある。彼はその効果も楽しんでいた。

「三浦さん、その痣どうしたんですか」

誰でも面と向かえば尋ねる。それが思う壺なのである。

「ええ、女房に殴られたんです」

彼はそう言う時いつも嬉しさを隠しきれない様子だった。この手の寸劇をくり返しやっていれば、そのうちに、「ソノアヤコはどうも暴力常習犯らしいよ」という噂が定着する。それが予定の第一段階だ。

家で恐ろしい女房に何かにつけて殴られているということになると、世間は三浦朱門に同情してあらゆる所で優しくしてくれる。バーでも病院でもどこかの編集部でも、人気は高まるばかりだろう。これが狙いである。

私は現世であらゆる愚行をする可能性を残しているが、正気を残している限りは暴力だけはふるわないと思う。現実に力がないのと、暴力の結果の破壊には何の面白さも感じられないからだ。

失敗の結果には笑えることが多いが、暴力の結果はみじめなだけだ。そんなつまらないことになぜ労力を使ったのか、という感じになる。

しかし体のあちこちに「不具合」が出てきたので、朱門は入院して検査を受けることになった。一月下旬のことである。

その時までまだ朱門の会話は普通だった。

入院の朝、私は彼に言った。

「今日は顔に痣もなくてお気の毒ね」

「安心しろ。あの話はもうしあきた。今年は新しいヴァージョンでやる」

女房がいかに悪いかを一言でぐさりと世間に示す話はもうできている、というのである。時は一月の末だから、本年度の「新版」を広めるにはまだ手遅れではないというわけだ。

病室に入ると、朱門はすぐ眠った。私はどちらかというと不眠症に傾くたちだったが、朱門は平素からよく眠った。心にわだかまりや気になることが一切ない、という感じの眠り方のできる人だったのである。

そのまま朱門は眠り続け、二月三日の朝も同じような静かな状態だった。ただ時おり血圧がひどく下がったが、その朝はむしろ状態がいい方だった。もうこの数日、病院に泊まり込んでいて、まともな生活をしていなかった私は、夜の引き明けに起き出して、シャワーを浴びることを思いついた。血圧その他の数値も落ちついている。ＮＨＫがまだ朝のニュースを流す前だった。七時になると、看護師さんたちの詰め所の人の出入りも多くなり、病室に人が来てくださることもある。その前に私は少しさっぱりしたかったのである。

しかし、私が俄《にわ》か雨に遭った程度のシャワーを浴びて浴室から出て来た時、朱門はすでに呼吸していなかった。

私は取り乱さなかった

無反省な昔話になるが、私は昔から依頼心の強いいやな性格の子供だったらしく、小学生時代には、母から「あなたには何でも自分でやるという気概が足りない」と何度か叱られていた。

ことに工作の宿題など大の苦手で、見るに見かねて母がすべて作ってくれるか、当時家にいたお手伝いさんでそういう手仕事の好きな人の才能をうまく「利用して」いた記憶もある。

私は母が数え年三十三歳の時に生まれた一人娘だった。今では三十歳を過ぎて子供を産む人などいくらでもいるが、母は私がこの世で会ったことのない姉を三歳の時肺炎で亡くし、その後、十年近く経ってやっと生まれた私の存在に異常に溺れていた節がある。

母は私の父と仲の悪い夫婦で、一緒にいても楽しくなかったのか、子供の私にすべての関心を集中して暮らしていたようだ。とにかく私は一人っ子として「大切」に育てられた。大切でない子供はないから私の場合は「甘やかされて」、育てられたと言い換えるべきだろう。

母は昔風の人で、私を鍛えるべき時にも甘やかした。暑さを避け、寒さを防ぎ、鍛えるどころか、ちょっとした気候の変化にも耐えない性格を作った。私は両親から正直や勤勉など大切な徳はたくさん学んだが、体を鍛えられた覚えがない。だから今も外界の変化をいつも恐れている臆病な性格のままだ。

もし戦争がなかったら、私は自分の生涯をどれほどにも甘く送れると思い続けたかもしれない。十三歳の時に終わった第二次世界大戦（大東亜戦争）のおかげで、私は人間の未来は思いのままにならないこと、もしかすると早々と死ななければならない運命もあることを知った。

私は兵隊として前線に送られた青年たちをたくさん見たのだ。或いは当時の厳しい生活の結果、結核にかかり、自分が死ぬことを信じられないままに死んで行った青年たちに何人も会ったのだ。その人たちの短い生と悲痛な死は、私の意識の中で冷たく残っている。爾来《じらい》、私はいつも彼らの生涯を基本にして自分の人生を考えるようになった。

夫・朱門の死に当たって、私がそれほど取り乱さなかったのは、彼が九十一歳を少し過ぎる年齢まで既に生かして頂いたという運命への感謝が常日頃からあったからだろう。

終戦の時、夫は十九歳で、応召して二等兵を二ヵ月やったところだった。それからの彼は東京の中央線沿線に住み、イタリア文学者の父のもとで、人並みな貧乏と知的豊かさのもとに暮らした。父は少しお金が入ると、ダンテの本ばかり買って来て、「貧乏だったのよ」と夫の母は始終言っていたが、そんな貧乏な家に、いつも食客がいたというのだからいい家庭だったに違いない。

夫の死には、深く悼むべき点はなかった。九十歳まで生きられる人は今でも地球上に少ない。私が後半生に係わることになったアフリカなどの途上国の暮らしでは、多くの人々はまず赤ん坊の時に死ぬ。基本的に体重が足りないため、病気になっても診てもらえる医療機関がないため、日本では考えられない率で死亡する。その後でも常に栄養状態が悪いか、怪我などの処置を適切に受けられないために、死ななくてもいい命を落とす。

「あなたも、この国の大統領や首相なら、国民にきれいな飲み水くらい供給してやりなさいよ」と言いたくなる国はまだたくさんあった。

一家がまともな屋根の下で寝ていないような生活環境も珍しくない。雨の日には子供の寝床に水がかかるというのである。「履物」がかなり普及して来た今日でも裸足で暮らしている人たちもいる。そういう人たちはやはり足の裏の傷から菌が入って死ぬ率も高い。

日本人はそうした暮らしから解放されて生きている。子供たちに義務教育を受けさせにくい程度の生活をしている人も現実にはあまりいない。学校は物理的に毎日通学可能な距離にあり、児童は学問習得という迂遠な日常に耐えるだけの食事を取ることの可能な親の庇護の下にいる。

貧しい社会では、学校で勉強するよりは、家で羊の番をする方が優先順位としては上である。子供たち自身、夕方から羊に草を食べさせる仕事の方が大切だと知っているから、午後の授業は受けないで家に帰りたい、という国もあった。

しかし義務教育は悪くない。義務教育が普及しているだけで、実際に下痢で死なない方法、傷口の化膿が元で命を落とさないための用心、に必要な方法を理解できる。

私は四十歳の時に、「海外邦人宣教者活動援助後援会（ＪＯＭＡＳ）」という運動の代表になった。私の学校はカトリックの修道院の経営になるものだったので、先輩・後輩・友人の多くが修道者になって世界に散らばって活動していた。その人たちの日々は、私に、現代の日本では見られなくなったほどの貧困や病気の存在を突きつけ、私は彼らの活動資金の援助をするために、人生の後半から「金集めの責任者」になったというわけなのである。

その日がしあわせであること

昔からあまり「人の身上話」を聞くのが好きではなかったが、世間の、それももう中年以降の人は、自分の人生をどう思っているのだろうという興味は今も残っている。運命は予想通り、と言える人の方が多数なのか、それとも「こんなはずじゃなかった」組の方が多いのか。

実はどちらにせよ大したことではないのだ。私と私の知人たちの幸不幸は、それほどブレが大きくはないだろうと思う。たいていの人が小市民的な生涯を送る。そして小市民的生活の中で起きる幸不幸は、プラスの喜びでもマイナスの災難でも「まあご愛嬌」という程度のものがほとんどだ。

私は昔から自分の身に起きることはすべて大したことではない、と思うようにしていた。主観と客観の落差を常に埋めるように訓練していたのだ。いつも必ずうまくいっていたわけではないが、それが小心な私の生き方になっていた。だから夫の死に際しても、私は動揺を示すわけにいかなかった。

何しろ私が当時も今も住んでいる家は、一種のオフィスで、昼は必ず秘書が一人出勤して来る。私は流行作家ではないから、一人でトボトボ原稿を書いていて充分なのだが、この秘書たちとはもう五十年来のつき合いだ。だから縁を切りたくない。それで彼女たちが、交替で週に何日か私の仕事の雑用の部分を手伝いに来てくれるのである。

夜もイウカさんというブラジル国籍の女性が、一緒に暮らしている。彼女ももう我が家に長いから家族である。完全なブラジル育ちなのに、日本料理もうまい。

私は今自分が住んでいる家に暮らす人々――それはその時々で誰でもよかった

——が、その日しあわせであることを強烈に望んでいた。自分の育った家では、父が厳しくて心の休まる日もなかったから、今の私の家は、気楽で、楽しくて、あたたかく、おいしいものがあって、失敗を笑い合っている空間にしておきたかった。それがこの屋根の下の使命であるとさえ思えた。

亡くなった夫の生前からの希望で私たちは世間的な葬式を出さなかった。私の実母の時もそうだった。集まれる限りの身内が集い、そもそもは居間と食堂だった洋間で、知人の神父に葬儀のミサを立ててもらう。その日、手が空いている神父にお願いするというのが原則だ。それから参列者で食事をする。それが我が家の葬式だった。

朱門の時も、私たちはそのようにした。偶然、電話をかけて来たマスコミには、死んでしまった人をまだ生きているようには言えないから、「実は、亡くなりました」

とは言ったが、こちらから通告することは一切なかった。

ミサの後、私たちは近くの中華料理屋で出席者全員で食事をした。健康なら、朱門がそうしただろう、と思うことを、私はすることにしていた。この店は三浦朱門がひいきにしていて、私の旅行中などよく一人で食べに来ていたのだが、何も知らない店のご主人は「今日は三浦先生は来ないのかね」と訊いてくれたのが一番のドラマだった。

すると私が「朱門は一昨日、死んじゃったんです」と答えたのが、なぜかおかしかったと、その時の出席者の一人が言った。つまり、そういう状況、そういう時の挨拶の言葉が日本語にないので、これはユーモアなのかと解釈するほかはなかったらしいのである。

それにしても私たちは住みなれた自宅で葬儀ミサをし、葬儀社の手を借りて翌日火葬場が空いているのが早朝一番だというのでその予約をした。今もそうなのかどうかわからないが、二〇一七年二月初旬頃の火葬場はひどく混んでいて、会葬者がたくさん集まれる時間帯など選んでいたら、一週間先でも予約が取れるかどうかわからなかった。

そういう時、家族の好みというか、生き方が如実に出るものなのだ。夫も私も「空いている時でけっこうですよ」と言うに違いなかった。

生きている時、私たちは小市民的で、飢えも寒さも経験しなくて済む生涯を送れた。戦後の平和な時代に巡り会えた運もある。私たち一家は、自分で働く場を得て安定した収入を得ていたからだとも言える。

とにかく私たちは人間として、この地球上で恵まれた生活をさせてもらえたのだ。生涯にたった一度使うだけの火葬場の時間などに、文句を言える立場にない。私たちは便利な大都市に住んでいて、何時でも死者を見送れるのだ。

考えてみると、旅立つ人の時間が早すぎるなどという文句は、我が家でも言ったことがなかった。私たちは今まで、取材や海外旅行などで、ずいぶん朝早くも夜遅くも家を出たことがあるが、そういう出発の時間はすべてに優先していて、家族が見送った。

最期の旅もそれと同じようにしようと、誰もが言うに違いなかった。

いつ捨てても、惜しくない体

　死について、人は独自の性癖を持つようである。言い換えれば、死のことなど考えるのも不吉だとする人と、自然にしばしば死のことを考える人とがいるということだ。

　私は子供の時から、始終死のことを考えて生きるたちだった。私は世間的に見れば、一応お金にも困らない東京の小市民の典型のような家に生まれた。父と母も外見上は常識的な人々だった。もっとも内情は仲が悪くて惨憺《さんたん》たるものだったが、外目にはそんなふうには見えなかった。父は東京の私立大学を出て、一見気さくな人柄に見えたからである。しかし父は時々暴力をふるうのが、私はいやでたまらなかった。言葉で言ってわからない家族ではなかったからである。父が暴力をふるうと、私は震えて凍りつくようになった。こんな陰の暮らしもあって、私は子供の時から常に世間の裏側を見て育って来たような気がしていた。

だから私にとって死は、長い何十年の年月の後にやって来るものではなく、いつ私という子供を道連れに自殺をするかわからない母の運命の一部として考えてきたのである。

後年、私は自分の中に、人間の心理の一つの型として、「死愛好型」とでも言うべきものがあり、私は多分、先天的にそちらに属することを強いられていたような気がした。しかし現実には、私はしばしば自殺を口にする母に、いつも抵抗していた。

そこから私のすべての性癖は始まっているのかもしれない。もう残りの人生も終りに近いが、私は日常生活で、あまり破壊的なことを言わないことにしていた。たとえ自殺をしたくなっても、多分実行には移さない。それほど「平凡な人間のしないことをしてはならない」と思っているのだ。私は凡庸な生活を心底愛している。それがせめてもの謙虚さ、というものなのだ。

その上人間は、一つ屋根の下で暮らす限り、お互いに清潔で、心身共に飢えていない穏やかな生活を続ける義務も権利もあると思っているのだ。人並みという言葉はあいまいなものだが、本当は人は右顧左眄《うこさべん》して生きている面がある。人生の評価には絶対というものがあまりないから、人並みという目印は、標準値を示すものとして便利なのである。

家庭が奇形だったから、私は平凡な家を愛するようになった。見栄でそうなったのでもない。私は非常識な生き方をしている割には、平凡という状態は「偉大な安定だ」と心底感じていたからである。

私は子供の頃から生活に疲れていた。父との軋轢《あつれき》で始終寝込んでいた母を助けるために、大学時代にはほとんど毎日学校の帰りに、まだ当時は闇市風だったマーケットに立ち寄って、夕飯のおかず用の肉や魚を買って帰って来たし、下手ではあったが料理も、トイレの掃除もできた。

現在、私には長年かかりつけのマッサージ師の女性がいるのだが、彼女が言うのである。

「この体は、実によく使って来た体だねえ」

「そう思う？　触るとわかるの？」

「わかるよ。使える限り使って、もういつ捨てても惜しくない体だよ」

褒められたのだか、けなされたのだか、わからない。小説の原稿が売れ始めた頃、マスコミの誰もが私のことを「お嬢様作家」だと言った。だから人生の究極を知らねばならない小説など、とても書けないということらしいのである。私はそれに対して何も言わなかったが、他人の生活を知らない人は、黙っていればいいのに、と思っていた。

だから私は今でも「人物論」を書かない。少なくともその当人をよく知らない他人の場合は人のことは実録として書かないほうがいい。私のことだって、往時のマスコミ関係者より、マッサージ師の方が人間がわかっていたと言える。そしてその彼女が、私の体はボロ雑巾みたいにいつ捨てても惜しくないほど使って来た痕跡を残している、と言う。

事実私は、夫の死後ひどく疲れているのを感じた。いくらでも、いつでも眠れる。私は時の癒しというものを信じていたから、眠りによって時間の経過を稼ごうとしたのかもしれない。

私はかつて私自身が翻訳をしたリン・ケインという女性作家の『未亡人』という本の中の或る個所を思い出していた。他のところはほとんど忘れているのだが、その部分だけ「これは大切な内容だ」と当時から思っていたのである。

それは配偶者の死後、残された者は、一年間くらい何もしないほうがいいということだった。急に転居したり転職したり、株に手を出したり家の修理をしたりするのは一切やめたほうがいい。多分、疲れ切っている「生き残り」はすべてのことに判断を誤る可能性が高いからだろう。私はまさに、その時期に該当していた。

慎ましく、変わらぬ日々

　夫の死後、誰もが気がかりなのは、残された配偶者が食べていけるかどうかということだろう。

　大会社に勤めていればそれなりの年金も出るが、夫も私も「自由業」で安定した収入の保証はない。ただ私がまだ一応現役で、月々いささかの原稿料収入があるだけである。本が売れれば大儲けもできるのだが、それには売れるか売れないかの運命の部分もある。

　誰もお金は好きだが、私たちはお金のために手数や時間を裂くのはいやだった。

夫と私の銀行通帳が子供くさいほど別々だったのは、そうしなければ税務署に怒られるからであった。

もう何十年も昔、私たちの家の隣家の土地が売りに出た。全部はとても買えなかったが、将来、夫の両親と同居する予定だったので、私たちは持ち主に交渉して、地続きの三分の一ほどを売ってもらうことにした。

私名義の土地に続いている部分は同じ持ち主にしておいた方がいいだろうというので、私が買うことになった。しかし私だけの貯金はそんなになかったので、私は夫の持ち金と合わせて代金を払うことにした。

このお金について、後で税務署とおもしろいやりとりがあった。

「お借りになった資金はどなたから、いくらですか」

「母から百万円、残りは夫からです」

「ご主人からもお金が出ているとなると、贈与になるんですが」

「でも……」

私は言ってから、急に闘争的な気分になった。

「あなたが私に近い立場でいらしたら、こういう時、夫以外の男から金を借りろとおっしゃるんですか」

その時救いだったのは、相手も私も笑ったことだった。法律は笑えないが、風俗小説はいつでも笑える。やはり文学は偉大なものなのである。私はその時、夫から借りたお金を銀行通帳の上でも律儀に返却し、税務署に確認してもらった。

体裁のいい言い方をすれば、夫が死んだ時、我が家には借金もローンもなく、人にお金を貸していることもなかった。

それまで我が家では現金が要る時には、秘書に銀行に取りに行ってもらっていた。秘書は必要な金額を私に聞くだけで、朱門と私の二冊の通帳のどちらから出しますかとは聞かなかった。簡単なルールがあるのである。一円でも残金の多い方から、差し当たりの食費などは出すことになっていたから、改めて聞くことは何もなかった。

それに私の家の食費は決して多くない。魚は三浦半島の別荘からの帰りに二、三日分は買って帰る。野菜も土地で採れるものを、キャベツでも大根でも持って帰る。玉葱はうちの畑で年間三百個くらいは採れる。それでも一年分としては足りないのだが、必要な分は私が二十キロ袋で安く買って帰っていた。昼間は秘書も一緒だから、朱門が生きていた頃でも昼食は四人くらいが一緒だった。

朱門がいなくなった後の暮らしはわからないから、私は一応以前と同じ程度の生活をしてみることにした。家も家具も食器も古い。何より住んでいる人間が古い(つまり私は年を取っている)。古いものは、維持費が高くつき壊れ易くもあるのだが、電気製品や鍋は捨てられても、人間を止《や》めるわけにはいかない。

それに私は何でも古いものを簡単には捨てない方だった。

物にも命があるように思えて、いとおしいのである。しかも物と比べたら、人間関係は比べものにならないほど大切だ。秘書たちは二十代から勤めてくれているので、娘（私にはいないが）とより長いつきあいになっている。

ご飯も作ってくれるイウカさんは、ブラジル生まれで、いわゆる日系ブラジル人である。ご両親も亡くなっていて、日本には妹さんしかいなかった。その妹さんも最近突然亡くなった。秘書と私はそのお葬式に参列した。私はますますイウカさんは、私たちの家族だと感じたし、彼女にとって、もううちが我が家のはずだろう、と一方的に思う面もあった。

家族には先天的な構成要因もあるが、後天的にそうなる運命のものもある。結婚や養子縁組などが、それに当たるだろう。後者の結びつきの方が強く重いものが多いので、私は不思議な気がしていた。

少なくとも、私は現実主義者だった。過去はどうでもいい。未来もよくわからない。しかし今日の現実が優しく感じられればいい。

だから少なくとも、表向き、我が家では何も変わらなかった。私は以前と同じ生活を始めていた。久しぶりに電話をかけてくれる知人の中には、「今、どちらにお住まいです?」と聞いてくれる人もあって、始め私はその言葉の意味がわからなかったが、「昔のまま同じ所で暮らしております」と言うと、たいていの人は喜んでくれた。

人間の運命は予測がつかない

私はいつも——夫の生前も死後も——住む場所や金銭上の生きる方法の解決以上に、人間関係の安定を望んでいた。

その頃、私には「一つの屋根の下」という言葉がしきりに頭を過《よぎ》った。状況はどんなでもいい。戦乱や大災害の後でもいい。とにかくその日その夜、最低雨漏りのしない屋根を持っている人が、知人の家族、親族、縁者などを泊めてその夜を過ごす。できれば屋根だけでなく、その晩お腹がいっぱいになる食事もふるまえればいい。

私の家は、もう六十年も経つ古屋で、始終修理をしているからまだどうやら雨漏りはしていないけれど、時々とんでもない古い景観が残っている。家の一隅に置かれた古い「黒いダイヤル式」の電話器を見た若い編集者の女性に「これ、どういうふうにして使うんですか？」と訊かれたこともある。

私は、人には長生き、物には長保《ながも》ちを望んでいた。大した理由はない。強いて言えば、けちの精神の結果である。人だって物だって「ここまで来るには」時間も手数も、もちろんお金もかかっている。つまり原価は安くないということだ。だから大切にしっかり使わねばならないということだ。

私は安定した人間関係も望んでいた。夫の亡くなった後、息子か娘が家族ぐるみで帰って来て、一人になった母親の近くで住みましょう、と言ってくれる例は多いが、我が家の場合はそうならなかった。我が家には娘はいず、一人きりの息子は関西に住んでいる。

それに私は息子に不憫に思ってもらう要素もない老母だったのだろう。私はまだどうやら現役で書いていたし、周囲に気をつけてもらわねばならない深刻な持病もなかった。治りもしないが生命に別状はないというシェーグレン症候群という膠原《こうげん》病があるだけだが、この病気も悪くなった時だけ三十七度台の微熱が出てだるいだけだった。医師から「日光に当たらないで下さい」と言われるのが唯一の不自由という気楽な病気である。

その上たまたま、私の家にはイウカさんというブラジル生まれの日系女性が長年一緒に暮らしてくれていた。イウカさんはもう七十歳は超えているらしいが、健康で明るい性格だった。ブラジル育ちと言うが日本語も立派で、決して単語に外国語などを混ぜたりはしなかったし、かつお節のお出汁の取り方も完璧だった。

イウカさんにはたった一人妹さんがいた。私は将来イウカさんが、私の死後に私の家から離れた時、妹さんがいるから淋しくなくて安心だと思っていた。姉妹というものは、ケンカくらいする時もあるだろうが、やはり心底気楽で楽しいものなのだと思っていたのだ。その妹さんが、或る日曜日、一緒に外出の約束をしていて、訪ねてみると亡くなっていた。

余計なお世話だが、私はこの事実に少しうちのめされた。年齢から考えても当然私が先に死んで、その時この家は解体する。その時にこそイウカさんの楽しい老後が始まらなければならない。そうなった場合、この妹さんの存在が大切になるだろう。などと勝手に小説家的憶測をしていたのだ。

人間の運命は本当に予測がつかない。しかし日本人の九十九パーセントまではともかくどこかの屋根の下で濡れないで暮らしているのだ。その夜を一つ屋根の下で過ごした人は皆家族だ。犬も猫も、山羊《やぎ》も羊も、もしかするとノミもシラミも家族だ。なぜならばその夜一つの屋根の下で生きる命はすべて運命共同体なのだから。

私の生活に、小さな変化がおきたのは、或る日私が、亡夫の枕許にあった小型の書類簞笥《だんす》を開けた時だった。中味を片づけようと思いつつ、その必要性を全く感じていなかったので、一日延ばしにしていたものである。

私はその反故《ほご》に等しい紙切れの中に、ちらと異質なものの存在を見つけた。上にのっかった紙類をどけて見ると、一万円札の折り畳んだものが出てきた。数えてみると十二万円ある。

夫がこういう予備の金を用意しておくことは、容易に想像できたことであった。

「知壽子（私の本名）がまた、俺の財布からお札を抜いてたので、今日僕は出先で恥をかいた」

と言ったことが二、三度あったのである。つまり夫の晩年は、どこへ行っても最年長者だから、レジのところで「今日は僕が払う」というつもりでいたのに、ちらりと財布を見ると予想していたのよりはるかに中味が少ない。それで恥をかくといけないので、黙って奢らないで来た。そのことに腹を立てていたのである。

そうした事態に備えて、彼は私に秘密のお金をプールし始めていたらしいのである。私にすれば、お札を「動かした」ことは、後で報告すればいい。どのみちわかることだから、と反省したこともなかった。

「へそくり」を見つけて

夫が死んだ後、今、どこに住んでいるか、と、世間の人が未亡人に訊く意味を、私は夫の死後やっと気づくようになった。

残された家族が転居するのは、財産相続としてそれまで住んでいた家をもらった後でかかって来る税金のために、その家を売らねばならないケースで、それは決して珍しくはないからだという。そういう税法が、国民に優しいと私は思わないけれど、個人主義的に考えれば、夫の稼いだ資産で遺族が楽な暮らしをしなくてもいい、というのも筋が通っている。

配偶者が死亡したからと言って、少しまとまった財産をもらうのは、話がうますぎるという考え方もわからないではない。しかし不動産の相続はそれ自体すぐ使えるお金を受け継ぐのでもない。残された家で下宿屋をすれば、遺族の食費くらいは出るだろうが、下宿業はよほど知識をもってから始めないと、利益を生まない、という話を昔どこかで読んだこともある。それに下宿業は、最初からその目的のために建てた家でないと、さまざまな不便がついて廻るだろう。

私が今住んでいる家は、一人娘の私が、父母から受け継いだ土地に半世紀ほど前に建てた家で、土地の形から親たちの時代の間取りを少し受け継いでいる。故に、改めて人に貸したくても、借り手もないに違いない。

税金を払えない不動産は売り払う他はない。しかし私はそうする気もなかった。体力がなくなっているこの年になって、家移りなどしようものなら、誰かが病気になって普通の生活もできなくなる。

自分が老いる前に、夫の両親と自分の母と、合計三人の老世代を見た私は、老人の生活は大きく変えないのが一番いい、ということを知っていたのだ。

いつも言うことだけれど、老人は皆、罅《ひび》の入った茶碗のようなものなのである。昔の人は、陶器の扱いも心得ていて、湯飲みなど、茶渋をきれいにしようとして、ミガキ砂などであまりごしごし洗わない方がいい、と私に教えてくれた人もいた。

それは、たいていの場合湯飲みには罅が入っているからで、それをそのまま使いたいなら、あまりきれいにしない方がいいというのである。

もっとも私は茶渋に不潔感を覚えるたちで、割れるのを承知で洗剤とタワシで洗っていた。だからと言ってざっくり割れてしまったという記憶はなかったから、昔の人の知恵はあまり正しくはなかったとも言える。

しかし洗いすぎない方がいいという説は、何となく人生の機微を伝えているようだった。人間は汚れていて、自然なのだろう。それに私は、罅が入ってもなかなか割れない茶碗が、「しぶとい」存在に思えて愛着を覚える性格でもあった。

よくできた息子や娘ほど、自分の親たちに、いわゆる「いい生活」をさせたがり、新しく家を建てたり、マンションに引っ越したりする。すると親世代は変わった環境に耐えられなくなって、ひどいことにもなるのだ。

洗面所の使い方だって、今まで通りなら何も困らなかった。しかし新しい家になると、洗面所で馴れないカランをいじっているうちに熱湯が出てきたりする。今まで通り古い家に住んでいれば、トイレの失策をすることもなくて済んでいた認知症の老人が、新居に移り住んだとたん、押し入れで用を足してしまったという話を聞いたこともある。今までの家なら夜中に起きても、右の方に五歩歩くと、そこがトイレのドアだというふうに、体が覚えていたのである。

しかし孝行息子が新しいマンションを用意してくれたりすると、押し入れをトイレと間違えるようになった。いままで一人で暮らせていた老人が、突如として厄介者になったのである。こういうことはよくある。罅割れ茶碗の扱いには、哲学も要る。

ただ或る日、私は夫の死後、手をつけもしなかった小さな書類簞笥の一番上の引出しを開けた。この簞笥は晩年の夫のベッドの傍で、むしろ眼鏡や飲み薬を置く台として使われていたもので、書類入れの機能はもう果たしていなかった。

そんなような見捨てられ方をしていたので、もっと早く整理して簞笥自身を使えるようにすべきだったのだが、中に入っているのは要らなくなった古い紙切ればかりだと知っている私は、野菜籠の中味でスープを作ることには熱心でもこうした簞笥の整理はいつでもいいと、初めから見捨てる姿勢だったのだ。

その日、上の一段目を開けてみて、しかし私は思わぬ拾いものをした。左隅に一万円札が二つ折りにして置かれているのがちらと見えたのである。数えてみると、十二枚ある。夫が生前、隠し金として持っていたものにちがいない。

夫へのささやかな仕返し

夫はへそくりのようなお金の存在についてあまり隠そうとはしなかったどころか、喜んで喋る人だった。あるべきお札を抜く犯人はいつも私に決まっているから、文句の言いがいがあるのである。

財布にお金があると思ってでかけ、どの集りだって自分は年寄りだから、若い人に奢ろうと思っているのに、レストランだかバーだかの席を立つ時に財布を出してみると、一万円札がごっそり減っているので、頭割りの額の会費しか出せなかった、と後で私に怨みがましく言うのである。

しかし夫は、この手の「被害」に会わないように、防御の方法を講じていたのだと思う。それが引出しに入っていた十二万円のへそくりだったと思われる。

もはや持ち主もいなくなったその紙幣を、私はスラックスのポケットに入れて、すぐ使い道を考え始めた。死んだ人のへそくりを見つけたという話はおもしろいし、秘書やお手伝いさんにそのことを話すことは、当然彼女たちにもその楽しさを分けるという前提である。一番自然なのは、それで食事をしに行くことであった。私は先に死んだ夫を少し怨んでいたから、彼の残したお金をできるだけくだらないことに使うのが、せめてもの仕返しだとも思った。

私を入れて現在の家族は、三人である。秘書とお手伝いの女性でこのお金で一応贅沢なフランス料理を食べに行くとしたら、一人前四万円は使える。それなら、少しは後々まで話の種になるような豪華レストランで上等のワインを取れるかもしれない、と私は考えた。しかしどの店に行ったらいいかは決まらなかった。夫の健康が悪くなってから、私はレストランなどへ行くような生活をしなくなっていた。昔はおいしかったレストランの知識も、もう古くなっていて、店そのものだってつぶれているかもしれない。

それから数日、私は忙しかった。その間、私はずっとポケットのお札を触りながら、レストランへ行くような暮らしとは遠のいていた数年の変化を感じていた。レストランという所は、行く習慣がなくなれば行かなくても何ということもないものだったが、いざ行こうとなると私はその世界から離れすぎていた。

私はまず三浦半島にある海の傍の家に行かねば、と思った。少し風が強く吹けば、周囲の林の松の枝がぽきっと折れて庭に飛んでくる。尻尾の太いタイワンリスやタヌキやハクビシンもいるので、蜜柑や畑のイモは食い荒らされる。それでも私は夕陽を見に、その家に行きたがった。夫は、そんな家などお義理でついて来るだけだった。彼はてっていして都会が好きで、十キロ以内に本屋のない土地などに住むのは、真っ平だったのである。

海の家の周囲を少し片づけて、私は数日後の朝、秘書に車を運転してもらって、東京に帰ることにした。私は半世紀以上運転免許を持っているのだが、十年ほど前の或る時から急に運転が怖くなり、車を売るはめになっても、運転はしたくないと思うようになった。これで一生、交通事故で人を轢《ひ》いたということだけはしないで済む、と私が思えたのは、私は運転が好きでもなく、結果としてうまくもなかったからである。幸いにも我が家の秘書は運転ができたので、車を手放すことはしなかった。

五十歳になった時、私は生まれつきの視力障害者の生活から解き放たれた。他人の病気の話など、誰も聞きたくないものだからここでも長く経過を書くことはやめるが、私は眼科医も嫌がるような強度近視の眼に早々と出た白内障の手術を受け、一挙に近視まで治ってすばらしい視力を得るようになっていた。私は生まれて初めて眼鏡なしの裸眼で健康な眼の人と同じ視力が出るようになった。

眼が治ると、間もなく私はかねてからの念願だった、サハラ砂漠縦断の旅に出た。砂漠用の設備を整えた四輪駆動車二台は、つまり「年長で金持ち」の私が買い、他の知識や技能はアフリカの経験のある「若い中年の知人たち」の才能に任せた。私自身の任務は、砂漠の旅でも日本食めいた缶詰を開ける賄い小母《おば》さんの役をすることと、ほぼ一人前の時間の義務的運転をすることだった。昼御飯の後に割り当てられた時間帯は、同行の男たちが、昼間から天下晴れて飲んだ葡萄酒のおかげで眠くてたまらない時なのである。その「魔の時間」の運転は、必ず私に割り振られた。私は運転がうまくはなかったが、サハラを抜ける間中、砂に隠れた岩に亀のように車を乗っけてしまうという事故も起こさずに済んだ。

しかしその運転の技術も私は持ち前の小心さから、使うのがいやになっていたのだ。畑仕事も料理も、私は嫌いではなかった。しかし運転は願いさげにしたい。

夫のへそくりの十二万円はまだずっと私のスラックスのポケットに入っていた。

第二部

新たなる家族の来訪

ペットショップで猫を見かけて

今から五十五年前、私は三浦半島の台地の上の畑を買って、そこに別荘を建てることにした。とは言っても、年に一、二週間行くだけの「軽井沢的」な別荘ではない。年間いつでも、何日でも行って東京にいるのと同じように仕事をしていられる家があるといい。

つまり本当は私は住居そのものを海の傍に移したかったのだが、当時は夫も大学に勤務していたので、畑の中に住む、というわけにもいかなかった。しかし別宅なら、資料も充分においておける。幸いにも私は「自由業」なので、どこででも仕事の続きを書くことができた。

私を惹きつけたのは「海の眺め」だった。あなたは「海派」か「山派」かと聞かれると、私は明らかに「海派」だった。私の友人たちの多くは、夏の軽井沢に行きたがったが、私は一度も山の避暑地に惹かれたことはなかった。ことに、洗練された避暑地で社交的な人づきあいをしようとは全く思わなかったし、夏の軽井沢は寒がりの私にとって涼しすぎる。

むしろ私は近年では日本の冬の寒さがこたえていた。できれば燃料費を節約するためにも、南方に移住したい。一番住みたい町はバンコックだ。東南アジアで年間平均温度が一番高い大都市である。

三浦半島の暮らしは、私にとって実にありがたいものだった。家の周囲はすべて畑地で、大都市近郊型の農地が続いている。そこでは一年間、大根、キャベツ、西瓜の三種類を輪作していた。それらの野菜やくだものは東京という大消費地を近くにおいて、かなりいい値段で売れるようであった。

もっとも私はそこに半世紀住むようになってから、農業の厳しさを自然に学びとった。素人が道楽で、畳二、三枚の面積の土地を耕し、そこに菜っ葉を作ってみたって、農家の苦労はとうていわからない。

驚いたことに、農業は都市に住む私の考える以上に投機的なものだった。「何かの理由で」キャベツの種蒔きが遅れ、もう間に合わないかと思うような時期に辛うじて種蒔きを終えると、その時期はずれのキャベツが意外な高値で売れた、というような話を時々耳にするのである。これはまさに、株に手を出すくらいには投機的なものではないか。

それに比べると作家の仕事に投機性はほとんどない。私たちが受け取る原稿料は手堅い賃仕事である。一生に一、二度、著書がベストセラーになると、何もしないのにまとまったお金が入ってくる。しかしそのような幸運は、文字通り「生涯にあるかないか」の出来事であった。「どうしたらベストセラーを出せますか」という質問に、自信を持って答えられる作家は、ほんとうに数少ないだろう。世の中の仕組みは不可解な謎に満ちている。

作家は「道楽」で、書く気がないと続かない。道楽とはおもしろい言葉だ。道楽は道を楽しむことなのか、道を楽にすることなのか、私には今でもよくわからない。しかし、とにかく私は、現世の仕事で書くことが一番楽だ。少々微熱があれば家の前の坂道を登ることだって辛くなるのに、書くことならできるのである。

不真面目に思われようが、どうして書くことが私にとって一番楽な仕事になったか、その理由はよくわからない。しかし人間が「今日一日、呼吸することに疲れました」とは言わないように、私も書くことに馴れすぎて、あまり疲れなくなったのだろう。

私は泳ぎが下手だから、海の中で一分間浮かんでいることにさえ恐怖を感じるが、水泳の達者はそうではないらしい。或る時、私は漁師もやっていたという人に尋ねた。

「あなたは、海の中で何時間くらい泳いでいられますか?」

「何時間って……。生きている限りは泳いでいますよ」

私の質問は、どうもうまく伝わらなかったようだ。

その日も翌日も、私はスラックスのポケットに十二枚の一万円札を入れたまま、時々それに触って実感を確かめていた。しかしフランス料理以上の軽やかなムダ遣いの方法は思い浮かばなかった。

数日後に、私は海の家の傍のホームセンターに出かけた。バケツや箒などの実用品を売っている「非都会的な空気の店」が私は好きで、そこへ行くと、何か必ず「要りもしないのに、要るように思える品」が目につくのも困ったことだ。

しかし、その日私は思いがけない商品を見た。ペット売り場で仔猫を売っていたのである。白地にキナコ色の毛の混じった仔で、どこと言って特徴はないが、両耳がへたりと折れていて頭はおにぎり型だ。

猫をよく知らない私は、そんな平凡な猫が、朱門の置き土産の十二万円より高いのにびっくりした。昔から自分の家で生まれた仔猫は、知人に頼んでもらってもらうもので、十二万円を超すような高値がつく商品だとはとても思えなかったのだ。

同じ日課で生きる

それからしばらくの間、仔猫の直助《なおすけ》は必ずうちに来るお客に紹介された。お客は私が、猫によって賑やかに暮らしていると思ってくれるのか、猫を見てほっとした顔をしたし、猫は犬と違って啼《な》き声一つ立てないから、お客の用事の妨げになることもなくずっと客間に同席していた。

私は訪ねて来る編集者諸氏たちや記者氏たちに、猫はこんなにも静かに喜んでお客と同席するものかを尋ねたが、答えはまちまちだった。ただ大体の猫は来客の気配を察するとすばやく奥に姿を隠す方が多いようだった。しかし直助はとほうもなく鈍感なのか、それとも猫にあるまじいほどべたべたと人好きで客間にいたがるのか、経験のない私にはよくわからなかった。

人見知りをして客を避ける猫の方が、人間に近い知能や感情を持っているように私は思ったが、「ずっと同席する猫」も今の我が家にはご愛嬌でよかった。それにしても猫という動物は犬と違ってどんな動作もしつけられない。

直助が明らかに普通の猫と違っていたのは、私たちが朝ご飯に海苔を食べると、鼻をひくひくさせることだった。試しに切手大の海苔を与えると喜んで食べた。

今どきの猫は、市販されているキャットフードだけを食べさせるように言われるのが普通なのだ。この食生活さえ守れば猫は下痢も便秘もしない。栄養の片寄りもないのだという。

セメント袋のように包装された大袋から一握りの餌を出してボウルに入れてやればいいのだから、昔のように残りご飯に味噌汁をかけたり、イワシの煮つけの骨とおつゆでご飯を煮てやる面倒もなかった。

改めて私が驚いたのは、猫は同じ味の餌を飽きないということだった。どんなにおいしいものでも人間は飽きる。空腹を満たせばいいと人間は思わない。

ことに漁業民の文化を受け継いだ日本では、日々の献立が変わる方がいい。その点、牧畜民風の「肉食」に馴れた人たちは、毎日同じメニューでも文句を言わない。漁業民文化では毎日とれる魚が違うから、味の違うものを食べるのに馴れるのだろう。だから私たちは、三日と続いて同じメニューを出すと家族の誰かが必ず文句を言うようになってしまったのである。

私は一度ヨーロッパの修道院のことを少し改まって意識に留めたことがあるのだが、その特徴は彼らは牧畜民文化を受け継いでいて「日々は変えられず」に暮らしていることだった。毎日毎日同じ日課で生き、毎日同じ味のスープと肉料理を食べている。

日本人は食生活にも変化をつけるのを当然と思う。一汁一菜でおかずは毎食味噌汁だけでも、その実を換えることは、贅沢でも美食でもない。むしろ「献立」を作る人の才覚だと解釈し、近代的な栄養の観念から見ても、変化は体にいいはずだと納得する。

直助は、毎日毎日同じキャットフードを文句も言わずに食べながら、周囲の変化に関心があり、イウカさんや私が見馴れぬ食べ物を顔の近くにさし出すと、鼻をひくひくさせる反応があった。

その鼻の動きがおもしろくて、私はよくこういう余計ないたずらをしたが、それでも人間の興味で、お刺身だの焼き魚だのを食べさせてはいけない、と言われていたので、実際に口に入れさせることはなかった。ただ外界に関心を示すということは、動物の個体として知能が高い証拠だと私は勝手に判断したのである。

現実に直助が人間の食べる食物に興味を持ったのは、その塩味ではないかと思われる。私自身が、「塩は旨い」という実感を持っているので、直助が私の手をなめるのも、多分塩《しょ》っぱいからなのだろう、と勝手に解釈していたせいもあるだろう。猫はできる限り無塩に近いものを食べ続けて健康を維持できるようにみえているが、実はキャットフードには必要な栄養分はすべて入っているだろう。

とにかく人間が勝手に猫の餌作りをしないことが猫の健康にいいのだという理屈は、私にとって実に便利なことだった。休みの日には、私はベッドから起きたくない日もあった。しかし直助がいるので仕方なく台所に下りる。

餌は作らなくても、キャットフードはお皿に入れてやり、ついでに私も朝食を食べる。直助のおかげで、私は欠食老人にならずに済むようになったのである。

猫との暮らしをするようになって大きく変わったのは、私に「猫世界」の知恵をつけてくれる人が、たくさんいるようになったことだった。つまり世間には「愛猫家」が実に多くて、猫に無知な老人（私のこと）に飼われているのかもしれない猫をみると、心配で心配でたまらなくなり、あれこれと教えてくれるようになったのである。

その中に、私は聞き流していたつもりだったのだが、実は心に深く焼きついているものもあった。

それぞれの運命を受け入れる

私以上に仔猫の直助をかわいがってくれたのは、もう十五年も我が家に住み込み、実質的な主婦の働きをしてくれているイウカさんという女性だった。彼女はブラジル生まれだったが、縁あって我が家に来てくれてからは「半分主婦」の私以上に家事全体の差配をしてくれていた。

夜になるとイウカさんは、テレビを見ながら、或いはただ直助のお母さんになることだけに集中して、三十分かそれ以上、直助をしっかり抱いていてくれた。するとは直助は、そこで「おっぱいもみもみ」の動作をする。胸にしがみついて、小さな両手で交互に、抱かれている胸を踏むのである。

この幼い猫独特の動作については各国で諸説あるようだ。イタリアでは「パスタこねこね」という人（地方）もあるらしい。直助はほんとうに小さい時に、売られるために親と引き離されたので、お母さんのお乳恋しさにこういう動作をするのだという解釈は、どうも人間の勝手な感情移入らしい。

直助は、「スコティッシュ・フォールド」という種である。前にも書いたかもしれないが、私は猫を飼おうとした時、血統書つきの仔猫などほしい、とは全く思わなかった。

人にもその所有物にも、自ずから格と釣り合いというものがある。有名な美人女優は、血統のいい、見るからに豪華な毛並みの猫を抱いた方が釣り合っている。しかし作家の家の猫は……どうでもいい。捨て猫あがりの雑種で、毛皮も貧相なら、目つきも悪いという猫の方が、むしろ似つかわしい。

仔猫の流通の方法も、昔と今とではかなり事情が違っているらしいことを、私は知らなかった。昔は仔猫が生まれると、もらってくれる先を必死で探したものであった。そもそもその家で仔猫が生まれるような状態にした責任者は、奥さんのこともあるが、中学生くらいの子供が道ばたで仔猫を拾って来た、というような事情も多いのだから、生まれた仔猫の養子先を一家で探すのはかなり重大な責任であった。

中には養子先が見つからなくて、生まれたての仔猫を水に漬けて殺した、というような話も聞いたことがあるが、そういうご都合主義的な処置には、皆が怖気を震った。だから「猫（犬）を拾ってきちゃだめ！」と世間の母親たちは子供たちに言うのである。

しかし小、中学生くらいの子供たちというのは、たいてい動物の子供が大好きなのである。最近「もふもふ」などという擬態語の単語も聞かれるが、当時はそんなものはない。しかし学校帰りの中学生は、途中でしばしば捨て犬・捨て猫の愛らしさに抗しきれず、つい拾って帰るのである。お母さんに交渉したら、もしかすると

「じゃ、仕方がないわ。今度だけ飼ってあげる」と言ってくれるかもしれない、という儚い期待を抱きながら。

しかし現実は、決して甘くない。

「うちでは飼えません。いつも言っているでしょ。あなたが拾って来たんだから、あなたが何とかしなさい」

と母に言われて、少年は再び、何も知らない温いもふもふを懐に、悲しみに包まれながら家を出る。もらってくれそうな相手もなく、再び見捨てて帰るに適した場所も思い当らないままに。小さなもふもふは何も知らず、新たな庇護者になってくれるかと思われた少年の懐で、元気にくんくん啼いたりうごめいたりしている。

しかしもうすぐお別れだ。二度と会えない。二人して同じ人生を歩む気でいたのに、運命がそれを許さない。

そしてそれが、もしかすると少年が初めて体験する厳しい別離であり、悲哀である。

直助がイウカさんや私の胸で「おっぱいもみもみ」をしていた頃、私の唯一の感傷的な希望は、直助にもう一度でいいから、お母さんのおっぱいを飲ませてやりたい、ということだった。この話をすると「それができたら、お母さん猫は喜んだでしょうにね」と言った友達がいたが、私は「お母さん猫」の心情など考えたこともなかった。

私は「仔猫」の淋しさしか理解しない性格だった。直助をもう一度だけ、お母さんの胸に返してやりたい。一度だけでいいから。イウカさんや私の肌の温かさは、母猫の体温とは、どこか違うだろうから。

しかし直助は、もっとけなげに運命を受け止めた。彼は家中を探索し、やがてやって来た夏の頃には、家中で一番過ごしやすい涼しい寝場所を見つけていた。それは本物の大理石をごく薄く切って貼ってある出窓の上で、そこにいれば気温が確実に数度は低く感じられるだろう、と思われる場所だった。

眠る前は相変らずイウカさんの胸で寝ることも多かったが、そこにはもう感傷的なものはなかった。

私は人に聞かれる度に、直助を買ったのは、死んだ夫の「へそくり」を見つけたからだという話をして楽しんでいた。既に亡夫とこの仔猫は、そういう形で現世で現実的に結ばれていた。

欠けていることこそ、人間の妙味

直助というトースト色の雄の仔猫が来て三ヵ月目に、或る日私はいつも通りかかる中原街道ぞいの店で、白い長毛の仔猫がケージの中にいるのを見た。

私はその仔猫をじっと覗き込みはしたが、買って帰りたいという顔はしなかったはずだ。というのも、私は動物を買う（飼う）のにひどく小心で、必ずあれこれ余計なことを考える性分だからである。

「かわいいですね」

と同行者が言ったが、私は、

「そうですねえ」

と生返事をしていた。するとその人は、

「直助のお相手に買って行けばいいいんじゃないですか」

と言うので、又私は、

「そうですねえ」

とおざなりの返事をくり返していた。その時の私の心中は複雑だった。それがいいに決まっているが、決定的な問題もある。躊躇の一番の単純な原因は、それだけの現金が、その時ハンドバッグに入っているかどうかであった。

お金がなければ、家に近いのだから、後で届けてもらう手もあるが、我が家に「猫をお届けに来ました」という男が来るのも何となく願わしくない光景である。できれば「連れて帰りたい」。しかし正直に言えば、それ以上に、私は世間に見栄を張っていた。猫などにそんなに高価なお金を払ったバカだと思われたくない、という見栄である。

世間には必ず、そんな猫を買って来るくらいなら、近く始末されるはずの可哀想な病弱な捨て猫をもらって来るべきだという「人道（猫道）主義者」がいる。しかし私にはそれができない事情もあった。その手の猫はもらって来た後も手間がかかる。多くは病気持ちだ。誰がその手の面倒を見てくれるのか。我が家では、私は日々〆切りを約束している原稿を書く仕事だけで手いっぱいだ。

それより心配なのは、引き取ってからの健康管理だ。病気持ちだとわかれば、責任上毎日でも獣医さん通いをしなければならない。それを知っているから、私は健康を保証されている個体を望んだのである。

私は同行者の勧めに乗ったふりをして、白い長毛の子を買ってきてしまった。ハンドバッグの中を掻き集めれば、どうやらそれだけのお金を持っていたのが運の決め手である。普段私は財布の中に、多くて三、四万のお金を持っているだけなのに、その日は、いろいろな事情があって、近々職人さんに払うつもりのお金も持っていた。

家に着くと、私は早速直助の鼻先に新参の子を置いた。キッスができるような間隔である。二匹はちょっと鼻先を触れ合い、その空気は大して親密でもなかったが、嚙みついたり、引っ搔いたりする風情もなかった。私はやれやれである。人生「なあなあ」で通る地点を見つければ、それだけで大成功だ。

それから私は、白い子を抱いて台所の隅に置いてある直助のコーナーに行った。するとこの子はカリカリの餌が入った餌入れに直行し、すさまじい勢いで食べ始めた。「頂いてよろしいのですか」という眼差しもなく、あたりには匂いも充分についているだろうに、先任の直助を意識する風もなかった。

二、三メートルほど離れた所で、直助は寝そべりながら、白い新入りの子の食べるのをじっと見ていた。明らかに新参の子を受け入れる立場の者の目つきだった。

その横顔は大人の、というか、保護者の目つきそのもので、私は初めて直助の一面を見たような気がした。

二匹の猫は明らかに性格が違うままに、私の生活に融《と》け込んだ。

私は週に一度か十日に一度の割で、もう何十年と面倒を見てもらっている女性のマッサージ師にかかる。すると猫たちも二メートルと離れない所に集まって来る。

私は、おもしろい見世物が始まったから、見ているのだと感じたが、マッサージ師によれば、直助は私がよく知らない人にいじめられているように思えるので、見張っているのだと解釈した。

「まさか」

私は信じなかったが、

「そういう猫、いるんだよ」

と彼女は譲らなかった。

白い長毛の子は、数日間名無しだった。私に情緒的な余裕がなかったからである。あまりに人に訊かれるので、私はその場しのぎに「白いから雪《ゆき》ちゃんです」と答えていて、多分その通りになるだろうと思っていた。

「純白だと思ってましたけど、尻尾の先に茶色や黒が混じっているから、本当は泥雪ですけどね」

私は人でも、物でも、「完全」であることをあまり望まなかった。完全な人などいたら、多分私はつき合わない。しかし私だけではなく、欠けているところには味があるとは、多くの人が思うところだろう。

夫の死後、しつらえたテーブルで

思い返してみれば、私は猫とどれだけ言語による意思の疎通ができるかということにも少しは興味を持っていたらしい。私は人間関係がうまい方ではなく、八十年以上もの人生で、甘くあるべき時に厳しく、厳しくあるべき時に放任していた。

今度は相手が猫なのだから、思うさま甘くなろう、と私は決めていた。しつけもしなくて当たり前である。理由はよくわからないが、犬に対しては人間の言語による命令はできても、猫にはそういう関係を持とうとする試みがないところをみると、「猫かわいがり」をしていればいい、ということを、賢い人間は昔から知っていたに違いない。

猫に関しては、先人が既に、安定のいい表現も作っていた。「猫なで声」も正解な表現である。私も直助と雪の二匹に対しては「ナーオちゃん」「ユーキちゃん」と天下晴れて猫なで声を出している。やはり対象が猫だと、この愚かさが許されるように思うのである。

不思議なことに人間は、犬に関しては、上位に立ち得ると考える。犬公方と呼ばれた徳川綱吉は別として、人は犬に命令し、犬を家来のように使うのが普通だ。私の子供の頃は、町を歩いていると、屑屋のおじさんが、リヤカーいっぱいに拾ったかもらったかしれない屑を山のように積んで運んでいたが、それをリヤカーの主と並んで懸命に引いている犬もよくいた。ほとんどが雑種の犬だが、足が体から斜めになるほど踏ん張って引いていた。このひたむきな犬の姿は、いつも私の胸を打たずにはおかなかった。

しかし飼っているペットに、自分と同じ生活の重さを負わせてはいけない、と私はしみじみ思う。別にペットが迷惑するというのではない。しかしそれでは人間が、人間として負うべき責任の重さを放棄しているように思えてならなかったのだ。

だが、新入りの白い子の雪は、あまり愛玩用に向いていなかった。抱かれるのが嫌いなのである。長い白い毛を獅子頭のようにふくらませて、とにかく家中を走り廻る。姿が見えなくなったかと思っていると、私のベッドと壁の間の五センチほどしかない隙間に、丸めた紙屑のようになって寝ている。

それに猫は、犬より更に実用的ではない。犬は番犬にもなり、盲導犬や聴導犬にもなる。賢い犬はおつかいにも行くという。しかし猫は……「蒲団に入れて足を温めるのに使ったらいいよ」などという人もいるが、おとなしく、寝床に入っていてくれるとも思えない。

猫はただ、心理的な癒しにはなる。あのふくふくとしたやわらかい手触り。適当な爪を立てて抵抗はするが、機嫌がよければ丸い玉っころになって抱かれていてもくれる。このしなやかな毛皮が触れていて楽しいのである。

しかし猫の魅力は徹底して利己的だということなのだ。片時も飼い主の心理や都合などは考慮しない。人間と犬は主従関係を作れるが、人間と猫との関係は安定していない。

私の家には、もう昔から玄関脇に客間のような応接間があり、そこには仕事関係の来訪者だけを通す。夫が亡くなる頃、私はそろそろ自分の年を考えて、台所に新しいテーブルをしつらえていた。

もともとそこは家族が毎日食事をする矩形《くけい》のつまらないテーブルが設置されていたのだが、それはあまりにも狭く、自分の食べかけのサンマの塩焼きのお皿を隣りの人のと間違えてしまいそうだった。

せめてもう少し広々としたテーブルがあれば、私の昔からの友人や親しい編集者を、台所に通して、その日おでんやお汁粉を作っている時なら、舌の焼けそうな熱いものを出せるのにと私は思っていた。テーブルは備え付けで少し曲《ゆが》んだ円型だった。私が新聞紙を張り合わせて自分で線を引いた型紙の通り特別に作ってもらったのである。私が年を取ると長年働いてくれている我が家の奥さんみたいな女性だって同じように年を取る。食物自体は調理できても、それを客間まで運ぶ体力も、体のバランスも利かなくなる。しかしそれでも私はできれば気のおけない知人とは、家でお茶を飲んだり食事をしたりしてほしいという強い思いからは逃れられなかった。

夫が亡くなって家族の構成に変化ができた頃、あらかじめ注文してあった変形テーブルが出来上がって来た。夫は、どちらかというと偏屈な人嫌いの方で、自分から他人を食事に呼ぶなどということは決して考えなかった。

私は反対に、ビジネスライクに物事を処理することが下手で、まず「飲み食い」から始め、それから「おしゃべり」、その間に仕事の話もできればいい、という感覚だった。

仕事の話で来た方をいきなり台所のテーブルに通すことは、さすがに考えていなかったが、私の年や体力を考えると、正式の客間で迎える客は次第に減るだろう。しかし台所のテーブルで一緒にお茶を飲みましょうという昔からの知人ならかなり老齢になっても来てくれるだろう、と私は考えたのだった。

どこで飼うか、という難問

どちらかと言うと、私はペットに溺れる人にはなりたくない、と思っていたのだ。

昔、女流文学者会という集まりがかなり活動的だった時代、私はまだかけ出しの作家だったが、女流作家の中でも指導的な立場におられる「大先輩」が動議されたものだ。

「ねえ、女が集まると、すぐこの話になる、という話題があるのよ。それだけは、ここではやめることにしない？」という一言だった。

すぐ出る話題の代表の三つは「病気、孫、ペット」だったような気がする。誰もが表現する立場だから、孫の話は喋りたければ、めいめいが書けばいいのである。

病気の話も創作には最も適応したテーマだ。名作が生まれる可能性さえある。

気楽なのはペットの話だ。愚かしくみえる点が悪気がなくていい。そして作家はどれだけ愚かしくあってもいい職業なのだ。しかしどうあろうと、ペットはペットなのだ。人間と違って相談もできなければ、哲学的な会話が成り立つわけでもない。それくらいなら、バカな男に惚れて、どうしても別れられない話を書いた方がましだろう。

私の家の家族の一員になった猫の雪ちゃんは、まず人間の識別が正確だった。とにかく私にとりついている。夜は私の寝室のドアの外で「番猫のように」貼りついて寝ている。

そのうちに、寝入りばなに仰向きに寝ている私の頬の傍に上がって来るようになった。まるで一日の終わりの挨拶をしに来るような律儀さである。それがあくまで私に義理の上での挨拶と思えるのは、ほんの数秒、私の頬に自分の顔をすりつけると「さあ、これで挨拶は済んだ」という感じで、さっさとベッドから床に下りてしまうことである。

その点が私には今もって謎だった。私は寝る前に必ず猫に頬ずりをするようにしつけた覚えはなかった。むしろ寝室に猫を入れることさえ、心理的にはいささかの抵抗があったくらいだ。母が生きていた頃、我が家では家の中で動物を飼ったことは一度もなかった。母は「お座敷犬」というような言い方をしていたが、動物は家の中にノミなどを持ち込む元だと信じていたのだ。

今どき室内で飼っているペットに虫などいないと人は言うが、病的なほど清潔好きだった母が生きていたら、やはり「生きものは外で飼いなさい」と言ったであろう。

しかし私はそういう「母の折り目正しさ」を少しも受け継がなかった。子供の時から手乗りのインコや文鳥を馴らすのに夢中になり、卵を生ませる目的で飼った牝鶏までいじくり廻して「抱き鶏」にする訓練をしたぐらいだ。窓を開ける音がするだけで集まって来る金魚、鮒、鯉、ドジョウのいる池の、一時は女主人でもあった。母が死んだ後だったか、ミニ豚を飼うことまで考えたことがある。

「豚って、意外と清潔なんですってよ」

と私は言ったが、その時ばかりは、一つ屋根の下にいる人たちから、あまりいい返事はもらえなかった。私のことだから、飼い豚が台所まで入り込むことを許し、訪れる客に、

「大丈夫です。お昼の豚カツの肉はちゃんと別に肉屋さんから買って来てますから」

などと言いそうだと思われたのだろう。

雪ちゃんが私にとりつく理由は、東京のペットショップの売り場から連れて帰る時に決まったのではないかと思う。売り場の人はメロンの箱かお骨箱みたいなサイ

ズの四角い箱に仔猫を入れてくれた。すると雪ちゃんは猛烈に暴れて「ミューミュー」啼き叫んだ。私はそれを我が身に引き比べ、「この子は閉所恐怖症なんだ」と思ったのだ。うちの車に入ってドアを閉めるとすぐ、私は仔猫を箱から出してやった。すると、この子はすぐおとなしくなって私の膝の上に抱かれたので、私は、

「おもしろいわよ。お外を見なさいよ。景色が飛んで行くのなんて見たことないでしょう」

と言ったのだが、猫は近視なのか遠のく景色に眼を止めることはなかった。

とにかく当時は猫に関する一つ一つが、私にとっては発見だった。しかし発見は常に意外性と抱き合わせだった。雪ちゃんが私にとりついているのも本当だったが、彼女は私と同じ部屋に寝るのは、真平らしかった。それは当然だ。私はコットンのロングTシャツみたいな寝巻で寝ているのに、向こうは毛皮を着っ放しだ。

一匹と一人は、寝入りばなこそ、ちょっと抱き合っているが、それはお義理とい

うもので、数分のうちに別れる。私が別室に行くわけにはいかないから、雪ちゃんが私の枕許を離れて、結果的には部屋の外に出て、ドアのすぐ外の涼しい場所で寝ることになる。

しかし私は「二人」のこの寝場所の位置と距離感を気に入っていた。写真でしか見たことはないのだが、エジプトのファラオのお墓の中には、犬の絵だかミイラだかもあって、それがこんな関係だったように記憶しているのである。

猫たちの上下関係

あまりにも猫について知らなかったために、私は直助と雪の二匹と暮らすようになってから、急速に、ということはつまり俄か勉強で、彼らにさまざまな感覚を教えられた。

猫の本には、一つの家庭で二匹目の猫を飼うようになったら、餌と水の容器は、二個ずつにするように書いてあった。ところが町のペットショップから抱いて帰って来た白い長毛の牝の雪を、「先任」の直助の領土である餌場に下ろしてやると、私が二個目の餌皿もおしっこ箱も用意していなかったせいかもしれないが、雪は直助の餌のお皿めがけて突進したのである。

呆気に取られている直助の存在など物ともせず、雪は直助用の餌を、息もつかずに食べまくった。

そこで初めて私は察したのだ。雪はペットショップで、毎日決して充分な餌を与えられていなかったのだ。だから我が家に来てから初めて、無制限に猫ビスケットを食べられて狂喜したのだ。

当然だろう。まだ売れていない、そしていつ売れるかわからないペットは、あまり急速に大きくなるとますます買い手がつかなくなる。売れない「商品」には、あまりお金をかけたくない。餌代だって、ペットの健康を損なわない程度のぎりぎりに保とうとする店の計算もわからないではない。

しかし私には偶然の幸運も多かった。気ままなネコ科の動物も時には群を作る。群で習性を教えてくれることが多い。

我が家の二匹の小さな「猫軍団」も、私に彼らの生き方を教えてくれた。人間社会には、しばしば変人だの、非常識人だのという人がいて世間のルール破りをするが、動物の群の場合、指揮官は牡で年長で先任として既にその場にいるのが条件である場合が多い。我が家にできたのは、たった二匹の猫社会だった。それもいささか自己抑制のきく年長の牡の直助が一匹いただけで、そこに非常識で、我がままな「アタチはお腹が空いているのよ」と言い張って先に餌を食べようとする、牝の雪が来たというだけなのだ。

私は雪を連れて来て、数日目の或る朝のことが忘れられない。私は早起きだから、猫たちより先に階下に下りてコーヒーを飲んでいた。すると、直助と雪が一足遅れてやって来るのが見えた。直助が先で、一メートルほど後に雪が従っている。二匹は並んで歩くことをしない。直助が先に立って縦列行進している。それは大きな発見だった。

人間は同僚という立場でも、どちらの年収が多いとか、住んでいるところがマンションか戸建てか、というようなことはあまり問題にしない。戸建てにしたばかりに、気軽に家族で外泊できないという不便だってあるから、人間社会の評価は絶対ではないのである。

人間の世界における優劣の判断はもっと複雑だ。もちろん「あいつは俺より一足早く課長になったよ」という言葉があり、その単純な事実にショックを受ける人もいるのだろうが、一生を通しての幸不幸の判断は、もう少し複雑だと、誰もが知っている。人生というものは、終りまで生きてみなければわからない、と誰もが「深慮」できる能力がある。

しかし猫の社会、殊《こと》に我が家にほとんど一日でできた彼らの社会は、単純なものだった。偉いのは、先任で牡の直助である。迷うことはない。しかもありがたいことに直助は少し性格がルーズであった。「目下」の雪が無礼を働いても、あまり怒らない、と私はその時は感じていた。

もっともその理由は、直助が餌に困っていないからだろう。イウカさんや私というスポンサーがいて、餌のお皿が空になれば、いくらでも入れてくれる、と知っているからだ。動物行動の原理を見ようとしたら、こういう豊かさの中においてはいけない。

二階から、縦列を作って下りて来る二匹の猫の姿を見た時、私はこの光景は何かに似ている、と感じた。

そうだ。船団を組んだ潜水艦の艦隊が出港する時の光景だ。艦隊が移動する順序は、きっちりと決まっている。戦闘状態になれば、横一列という光景もあり得るのだろうが、平時の移動は必ず縦一列である。

私がもう少し喉自慢で、常日頃歌う習慣があれば、私は、そこで軍艦行進曲でも口ずさんだところだと思うが、それほど二匹の猫は威厳を持って縦並びだった。

直助に従った雪は、いつどこでこうした団体行動、上下関係の原則を習ったのだろうか。そしておだやかな顔つきの直助が、どうしてこの力関係を我がままな雪に納得させられたのだろう。

我が家の猫社会の平和が保たれたのは、決して直助の性格の寛大さの結果ではないことは、まもなく私にわかった。猫社会では、上下関係にも、規制のルールにも、迷いや例外は一切なかった。

第三部
人間の器量

早寝早起き、律儀に暮らす

我が家には、今子供がいない。幼い孫も曾孫もいないから、生活に日常的な規範というものが必要とは感じられない。私は好きな時に起きて、眠りたい時に床につけばいいのだが、昔から早寝早起きという律儀な暮らしが身についているので、今でも人並みな時間に起きて寝ている。

もともと作家の生活なんてデタラメなものだ。私の学校時代の友人が、或る時から有名な作家と恋仲になり、同棲していることがわかった。私は文壇の噂話に疎いので、長い間、全く知らなかったのである。或る日或る時或る所で、そのことを知ると、私は嬉しくなり「今度遊びに行ってもいい？」とすぐ尋ねた。

「いいわよ」

大作家は容貌もすてきな方だったし、愛人の友だちにも寛大な性格らしかった。ところが私は、同業者の癖に、こういう大作家の暮らしというものがまるっきりわかっていなかったのである。

我が家は夫も作家で、或る時期までは、大学の教師として勤めもしていたのだが、生活の上では少し変形したサラリーマンの暮らしとそれほどには違わなかった。だから、私は彼女に「午前中から午後までは、お宅の先生もお仕事でしょう。だから夕方か夜遊びに伺うわ」と言ったのも、精一杯それなりの配慮をしたつもりだったのである。

夕方か夜に遊びに伺う、もないのである。本当はそんな時間に人の家を訪問するものではない。

相手は少し当惑したような表情を見せた。実はその作家は、夜八時か九時に夕食を済ますと、それから夜通し書くのだという。彼女が、それを片端から清書する。つまり、この家では夜の間中が「作業時間」で、朝食が済むと二人は夕方まで睡眠を取るのである。

それと比べると、我が家の暮らしは、常識的なものだった。私は朝五時から八時の間に起きる。五時起きする時は、そのままそっと書斎に降りて行き、七時半の朝食まで原稿を書く。朝食、昼食も人並みな時間に食べ、午後三時にはお茶も飲んで、夜八時には寝てしまう。

寝ると言っても、眠るのではない。ベッドに入って本を読むか、思い切りあほらしいテレビの番組を見るかして、十一時のニュースの後でテレビのスイッチを切る。さもなければテレビをつけっ放しで寝てしまう。

終戦の前後、食物がなかった。と言っても今の人たちは、どうして食物がなくなったのかわからないようである。私も完全に理解してはいないと思われるのだが、当時、壮丁と呼ばれた男たちが、皆戦地か工場に狩り出されてしまって、マンパワーが絶対的に少なくなっていたから、農作物の収穫量も減ったのが第一の原因であろう。内地と呼ばれた本土に残っていた男たちは、二十歳より年下の若年層か、五十歳以上の老年層（当時は五十歳を過ぎたら老人だと思われていた）か、女性だけだった。

田畑はすべて牛馬で耕していた時代だから、まだ耕運機などというものもなく、その牛馬がいなくなれば、深刻な労働力の不足を招いた。馬は軍に徴用され、牛も食用にする分まで飼われることはなく、もっぱら田畑を耕す犂《すき》をつけて耕作に使っていた。

日本の国土の面積は今も同じ、人口はずっと少なかったはずなのに、当時、国民に充分な食料を供給できなかったのは、戦前の日本には、有効な化学肥料と殺虫剤がなかったからである。その二つがあるだけで、稲や麦や、野菜の収穫量がこんなに増えるとは、当時誰も思わなかったのだ。

その頃、犬か猫を飼えば、私たちは彼らの食物を毎日考えねばならなかった。人間がイワシの煮つけを食べると、食べ残しの骨と煮汁にご飯を入れて雑炊を作る。それが、犬や猫のご飯である。一般的にはお鍋に残った味噌汁をかけたご飯が犬猫の餌であった。ペットにはできるだけ塩の入った食物を与えないようにする、などという知識は全くなかった。

人間の残りものが犬猫の餌だった時代と比べると、今のペットの食生活は贅沢だ。残りものではなく、体にいいものが与えられている。その結果「長寿化」という弊害が出るのも人間世界と同じである。私はよく知らないが、二十歳を過ぎた猫や犬は珍しくないらしい。犬猫の養老院もできているという。

私はしかし、あまり未来を考えない方だった。秀才でないのである。それに負け惜しみのようだが、秀才のような配慮をすることがあまりいいこととも思えなかった。未来の予測は、必ず当たらない部分があるし、その部分が人間社会を面白くしてもいるからだ。

しかし、ペットを飼う段になると、私たちは古い昔の知識を、頭から追放しなければならなかった。餌は専用のビスケットになっている。いなくなった時に探し出せるようなチップを、尻尾だか肩だかに埋め込むことも常識になった。彼らはペットというより、その家の財産と考えられているのだ。

暑さの凌ぎ方に、昔日を思う

まだ私が子供の頃、夏になると（と言っても何月何日頃だったかは正確に覚えていないのだが）、母は忙しかった。父の親戚のところを、暑中見舞いと称して一まわりするのである。

私の母は、中年にチフスにかかった。回復した後で急に太った。そういうケースはけっこうあると母は言うのだが、素人が自己弁護の意味合いをかねて言うのだから、あまり信用はできない。母に言わせると高熱のために体内の雑菌が一時的にすべて死んだので、患者は以前と比べ物にならないほど健康になるから、つまり太るのだという。

母の親戚まわりは大変だった。

母の世代にとって当時洋服と見なされるものは、家の中で「アッパッパ」などと呼ばれて着ていた「簡単服」くらいだった。この手の衣類は、湯上りに着ることがあるくらいで、外には着ていけない、と知っている。

アッパッパ以外は、すべて着物の生活であった。地が透けている着物地は、織り方によって紗《しゃ》や絽《ろ》などと呼ばれて、昔は当たり前の夏着、今はおしゃれな人の特別の和服になっているらしいが、洋服地のレースと同様、生地に穴が開いていたって暑さは全く変わらないのである。地肌が透ける薄地の衣服は、どれも下着をきちんと着なければならないからだ。

その点、本当の暑さを知っているマレーシアやインドネシアやインドなどの地方の人たちは、厚めの木綿を直接地肌に着て、涼しい顔をしている。

着物は必ず帯を締める。帯の下ではウエスト付近の細さを補整する「伊達締め」

とか「伊達巻」などと呼ばれる補整帯を締めているから、これも暑さの元だ。和服を美しく着こなすには、ウエストのくびれていない「ずん胴」の体型が望ましいのだ。

とにかく体のくびれた所には原則パッドを入れて、まっ平にしてしまう。胸もさらしで巻いて「おっぱいボイン」のお嬢さんも郵便ポストにする。私は子供の頃、日本舞踊を習わされていて、舞台衣装の着付けにも馴れていたが、後年、文藝春秋がやっていた文士劇におつき合いした。

そこで初めて歌舞伎風の着付けをなさる作家先生たちは大変だった。とにかく胸にもお蒲団、ウエストにも綿入れである。私たちはまだずいぶん太る余裕がある、ということだ。

昔の夏の暮らしのことも、少しは書いておいていいだろう。今はもう、見る折もなくなった生活もあったのだ。

夏の初めに、我が家は或る日、半日くらい忙しくなった。戸障子の入れ換えをするのである。

紙を張った障子を取り払って、夏用においてあるすけすけの葦を張った戸を入れる。通気がよくなるかどうかはわからないが、部屋は暗くなる。暗くなるから、涼しくなるような気がするのだ。当時、冷房機などというものはまだ一般的でなかった。

我が家には、電気でファンが回る扇風機が一台あったが、そんなものさえない家庭はざらだった。皆が夏中、自分で団扇を使って暑さを凌ぐ。外出する時は、男も女も扇子を持って歩いていた。カンカン帽と呼ばれた帽子をかぶった男が、扇子を取り出して自分を扇ぐ姿は、当時どこででも見られる光景だったのだ。

親戚まわりをすると言っても、手ぶらで行くのではない。必ず手土産が要る。

当時ごく普通だった手土産は、カステラと卵だった。カステラが買えない家でもなく、卵が貴重だったわけでもないのに、同じようなものをやり取りしたのである。カステラは有名な老舗があり、そこで買うのだから簡単だったが、割れやすい卵を持参するのはむずかしかった。今は卵の形をした輸送用の厚紙のケースがあるが、当時卵はもみ殻に入れて運ぶのが普通だった。

余計なことを思い出したのだが、日本人は生卵を食べる。蛇じゃあるまいし、生の卵なんて気味が悪くて食べられないという人もいるが、私は大好きだ。

以前、日本の自衛隊がカンボジアに駐留していた頃、私は近くを通り掛かったので、タイとの国境の田舎の町に立ち寄ったことがあった。その時、お土産に、日本から生卵を持参した。私は手荷物で二十個持って行った。卵は世界中にあるが、生で食べられる卵があるかどうかは保証できない。

生卵はそのカンボジアの田舎で、珍味として迎えられたようである。気前のいい日本の指揮官は、その頃会った土地の部隊長に、日本の生卵をご馳走した。するとおいしいからもっとないか、とせがまれ、結局四個も食べられてしまった。おいしいものは「外国人」に食べさせてはいけない、とヨーロッパに住んでいる私の日本人の女親友はもともと言っていた。食べさせなければ侵略の動機も理由も発生しない。平和とはそのようにして保つものらしい。

バカであることの偉大さ

世の中の書物には書いてないことも、私は知人に教えてもらいながら生きて来た。猫に関する知識もまた同じである。

我が家には、始終いろいろな出版社から深い知識と鋭い分析力を持った編集者たちが現れるので、私は大抵のことを教わるのに便利にして来たし、中でも猫を飼っている人は比較的多いような気がするので、その点も「生き字引き」に救われることを実にありがたい、と思っていた。

「うちの猫は、お客さま用のスリッパを時間前に揃えるだけで、もう何分も前から嬉しくてその前でお待ちしてますけど、そんなものですか」と私は尋ねた。するとベテラン編集者氏は言うのである。

「うちの猫は客の気配を感じただけでさっと逃げますけど、二階に」

理由はないのだが、なんだかそういう猫の方が知的に思える。

「うちの雪ちゃん（白い牝猫）はことに男性のお客が好きなんです。ソファに坐られたお客さまの背広の裾の中で眠っちゃって、お客さまが労って三十分間ほどお帰りを延ばして下さったこともあるんです」

「ははあ」

相手が返事に困るのも当然だ。

「男好きの猫はどうしたらいいでしょう」

私は尋ねる。猫の才能だって活かしてやりたいという親心からだ。

「バーに貸し出したらいいんじゃないでしょうか」

「なるほど。うちの雪ちゃんだったら、何時間でもカウンターでお客さまを待ってますね。彼女、本当に招き猫なんです。今は客間のテーブルの下でだらしなくつぶれた格好で眠ってますけど」

「もう少し努力が要りますね。水商売をするなら眠ってるだけじゃだめだから」

「うちの一家は水商売にはどうも向いていないんです。言葉遣いに裏表がなさすぎるもんですから。それと甘えられない。私自身が甘える人間が好きじゃないんです。甘えられると面倒くさいでしょう」

「甘えられたい男もいるんでしょうけど」

ホントカナ、と私は思う。女性に甘えられたら、後が大変なのに、この人ほんとにわかってないのかな、と私はナナメに構えて相手を見ている。

しかしとにかく、我が家の中で、一番の男好きはまちがいなく白毛の雪である。仔猫の時にお客さまの背広の裾にもぐり込んで眠ってしまった事件は今でもうちの中では有名だ。

大人になったら、そういう甘えは少しなくなったが、長毛だから抱いているだけで甘い気分になる。その点、牡の直助は稲荷寿司色の短毛だから色気がない。しかし私は一人で、この子は美男だと思い込んでいる。ことに真丸《まんまる》い眼がかわいい、とペットの飼い主というものは誰も、同じように徹底してバカ丸出しである。

自分の子供を、美男だと言ったら、それこそ世間の鼻摘みになる。しかし世間が利口者ばかりになったらそれは深刻な事態だ。軽度の「バカ」は、世の中の気づまりを救う偉大な存在である。学校時代、どこからみても秀才だった同級生が、何十年か経ってみると意外に早々と精神に水気がなくなり出世もしていないのは、この「バカ度」が足りなかったからなのだが、本物のバカはその点に気づいていない。

バカの特徴は、自分の「バカ度」の指数に気づいていないことなのだから、どうにもならない。持っている「バカ度」は大切にして、それを武器に生きて行こうと決意すれば、それは有効な戦力なのに、そういう生き方は思いつかず、偏差値だの東大入学だのを目標にしているから、丸っきり戦えない。

或いはバカという言葉を聞くだけで怒り出す人もいる。「人を侮辱しているからいけない」だの、その言葉は、「差別に当たるから人道的でない」だのと言う。人間は平等も好きなのだが、差もつけたいのだ。道徳的言葉や観念を現代の人は愛するのだが、実はこの手の思想を実現するのは、ほとんど不可能なほどむずかしいことである。

学校の「通知表」だの、スポーツの記録だの、株価だので、人間共が、あらゆる比較をしているのは、すべて人間社会が平等ではないことの証だ。さらにその上「差」の程度を示す基準までけっこう好きなのである。

ただそのような安易な差を超えて、生きている人間は誰もおもしろくて大切だ。その違いを見極めることが教養なのだが、それは本来は単純な技で、高い学歴もすさまじい修行も必要ではない。ただ人間をおもしろがる気持ちさえあればいいのだ、と私は思っている。

そして辿りついた人間の質の違いは、よくできた料理の味のように千差万別で、優劣をつけられるものではない。

幸いにも、私は一生をかけてその差の違いを楽しむささやかな技術を身につけた。この技は、場所も取らず、他人もあまり傷つけず、金銭も要らず、必ずしも時間がかかるというものでもなかった。私はいい趣味をみつけたのだ。

老年の悲しさとは

老人が孤独な老後を、ペットなど飼って慰めている光景を、私はあまり快く思っていない。老年にふさわしいのは、そして彼らの自然な存在意義を感じさせるのは、孫世代の守《も》りをする時である。

老人には孫の教育はできない。しかし孫の安全を見ていることはできる。我が家でも息子がまだ幼い時、池に落ちるのを父親がわざと手をこまねいて見ていたことがある。池は浅いし、厳寒でもなかった。

落ちた息子は、何よりも「驚いた」ことだろう。セーターを着ていても、冷たい水が背中から入って来るのも、初めての出来事だ。そして暴れて立ち上がるまでの、

一、二秒間に、水も飲み、息もできない恐怖も味わった。

すべて基本的なこの世の姿である。池に落ちた幼い私の息子の父親——つまり私の夫——は笑っていた。すべて「計画犯罪」なのだから笑っていられるのである。

最近の世情は知らないけれど、昔の親は、多かれ少なかれ、子供に対してこの手の「計画犯罪」をやってのけていた。体験させてみる、ことの大切さを知っていたのだ。嘘か本当か、たぶん嘘だろうけれど、獅子は子供を千尋の谷にわざと落とすという。

女の子はできもしない料理の真似ごとをしたがる。すると必ず指先を火傷するのだ。これは自分に対する「いいお灸」である。野菜や肉といっしょに、自分の指を料理するのは、どんなに愚かなことか身にしみる必要がある。

老人に孫の教育ができない理由はまだある。失敗には後始末が要る。子供が池に落ちただけだって、洗わなくてもいい衣服一揃えを余分に洗い、干し、アイロンをかけねばならなかった。靴の濡れたのも日陰干しにして使えるようにしなければならない。体力のある年頃の親だから、そんな余分な配慮や労力も払えたのだ。しかし老人が保護者になったら、何よりもまず自分が余計な労力を使う破目になるのを避けようとするだろう。

老人の中には、今日を生きるだけで、精いっぱいという人も多い。それが老年の悲しさだが、それが又諦めにも通じる。この世に無駄なことはない、と思う理由の一つでもある。

それともう一つ、くだらない利点だが、ペットは抱いていると温かいのである。これは他のものにはない効果だ。行政の考える福祉は温かくない。食事の時に出て来るスープやおやつは温かくもあり、時には熱くもあるだろうが、触れて火傷しないペットの温かさは又格別だ。

雪が毎晩私のベッドでほんの数分間、寝たがるのは、多分私が温かいからだ。ストーブほど熱くもない。燃料やスイッチみたいに、切れる恐れもない。

私は昔から冷え性だった。

ほんとうは修道院に入りたいと思ったこともあるのだが、やめたのは、修道院に入ると、冬の夜にベッドの中で行火《あんか》や湯タンポを使わせてもらえないだろう、と思ったからだ。修道女になった同級生にそう言ったら、笑われたことがある。湯タンポくらい修道院にはちゃんとあって、毎晩もらえるわよ、というわけだ。

修道院は、決して非人間的な場所ではない。大きな家族を目指していて、中の人々の幸福を精いっぱい皆で考えている場所だという。


世の中の孫は、成長するに従って生意気になって来る。当然のことだ。コンピューターもいじれない祖父《じい》ちゃん、祖母《ばあ》ちゃんは人間と思えない場合もある。

しかしペットはその点気楽だ。永遠に知識において人間を抜くということはない。

昔どこかで、吹雪の夜、戸外で過ごさねばならなかった人が、犬を抱いていたので凍死を免れたという体験談を読んだこともあるような気がするが、それは人間と犬の本能が一致した場合だ。人間から見れば「犬がいてよかった！」だし、犬からみても「人間がいたから温かかったろう」と言える。

今のところ、長毛の猫の雪は、私の感覚と一致しない。雪はすぐ人間の体温を暑いと思うらしい。それでも寝床にやって来るのは、多分彼女に、「失われた母」への記憶があるからだ、と私は思う。それが私には可哀相でならない。この雪は、記憶にないほど幼い時に、母親から、むりやりに離されたのだ。動物にはすべて、記憶が失われる、という一種の機能がある、ということになっている。それは悲劇でもあるが、救いでもある。

この頃では、繁殖目的で生ませたペットでも、子供を離す期限が行政上決められているというけれど、それでも可哀相だ。

その場合、母が可哀相だ、と言った人もいるが、私は子供が可哀相、としか思えない。

雪はもう二歳以上になるのに、毎晩私のベッドに駆け上がって来て、私の腕の中で数分眠る。その時、私の寝間着のその部分を乳房に見立てて、しゃぶるのである。

猫のよだれは気持ち悪いが、私はやめさせることができない。

「いい人」ほど始末に負えない

決して我が家の猫は特別に頭が良くて人間の言葉を理解するとか、人情を解する、というのではないが、猫も言葉がわかる。犬のように「お坐り」や「お手」を区別して理解したりしないが「雪ちゃんは、かわいいねえ」とか「雪ちゃんは美人」と言うと、どうも満足しているらしい。

私は昔から、満更嘘でもないことを褒めるのは大好きなのである。他人が私に「あなたは歌が上手です」と言っても、これは効かない。私は一生人前で歌は歌わないと決めていて、時々国歌斉唱の場でも「口パク」と言われる嘘をついていることがある。しかし「こないだ風邪をお引きになった時のご欠席通知は、やはりすばらしいものでした」などと言われると「そうでしょう」と鼻の穴を天に向けたくなる。私の欠席通知はいつもおもしろくなる筈だ。

第一の理由は、私がほんとうに熱っぽくてどこへも出たくないという真実の部分があるからであり、第二の理由は、私は欠席通知とその理由を書くのだけは、天下一品に上手だからである。

いい文章を書くには、その背後に、そのことを伝える情熱が要る。つまり今日は風邪を引いていてどこへも行きたくない、自分は寝床で寝ていられれば幸福という明確な自覚が要る。

これがなくて、実は銀ブラをしたい心境だとか、彼氏とサッカーを見に行きたかったのだ、と思っていたりするとかでは、だらけて家にいる本当の理由の幸福感が伝わらない。

小説家は「嘘を書く」のが本業なのだが、その部分部分の実感の味だけはよく知っていなければならない。いつも胃潰瘍で、お腹が重いと感じている作家は、多分、本当の空腹を書けないだろう。

だから小説家は、すべてを体験する必要がある。空腹も食べ過ぎも、金が足りない浅ましさも金があり過ぎることの鬱陶しさも、おべっかも裏切りも、心から「おもしろいなあ」と思えねばならない。

これは私の場合に限るのかもしれないが、私は道徳性というものにあまり、大切さを感じない。

嘘をつくと、総じて後がよくないが、人生は、簡単なことなら嘘をついておいた方が物事があっさりと理解される場合もある。自分の内面の事情を延々と誠実に説明する人がいるが、私はそういう人に会うと、相手の話が終わるまで、どこかで居眠りしていたくなる。

私はつまり「あなたは私に何をお望みですか？」ということが、あっさり伝わらないと疲れてしまうのだ。それが叶うなら、私はできるだけ相手の希望を叶えたいのだ。すると双方が得をする。相手は希望する状態を手に入れ、私は相手の望むことを叶えたという満足を味わう。だからその途中の方途や動機はどうでもいい。不純でもかまわない。

不純だといけない、という人のことを、世間は融通の利かない人と言うが、この手の性格は、根は正直でいい人だと思われている。しかし「いい人」は「悪い人」と同じくらい始末に困る。

自分が善人であることに自信を持っている人なんて、おもしろくないし、この手の人は、「あなたが間違っている」などと相手から言われようものなら、取り返しがつかないくらい怒る。しかし自分はしばしばインチキ人間だと思っている人は、「そうだよ。世間なんて、皆、多かれ少なかれでたらめなんだなあ」と、思えるから他人に対して寛大になれる。

猫を見ていると、彼らには道徳のかけらもないところがいい。犬はしばしば忠犬ハチ公的、意志力、誠実性などが期待されるが、猫にそのような期待をかける人はいない。私にしたところで、雪が毎晩、私の枕の上に半分身を投げ出して、共に寝に来るのを待っているところがあるが、「やって来ない日」があると、少しはほっとする。それは猫の気まぐれという特性なのだが、誠実ではない気まぐれな生きものは相手を深く失望させるということもない。

忠犬ハチ公的な犬が、或る日決まった場所で決まった時間に私を待っていなかったら、私は心配で仕事も手につかず、探し廻るだろう。しかし気まぐれな雪のような猫だったら、今晩は私の枕許に来ず、階下で、もっと適温の寝場所を見つけて明朝まで眠ることにしたのだろうと思うだけで済む。

人間関係でも同じようなことが起こるかもしれない。適当にだらしのない性格の相手なら、彼が約束の時間に遅れてやって来て「ごめん、ごめん。今駅で小学校の同級生に会っちゃったんだ。それでつい十分ほど立ち話をした」と見え透いた作り話をし、こちらも「それはよかったわね」と言う気分になるかもしれない。しかし正確・誠実をお互いに売りものにしている人間関係では、そのような物語は通用しないのである。

もっとも、どのような性格のペットがいいか、ということに関しても、人間はかなりご都合主義である。

寛大さと優しさ

しかし直助のような凡庸な猫でも、人間の特性とするところを見ぬく眼はすさまじいものである。

直助はこの家に住むイウカさんの母性の確かさに一番の信用をおいている。時々夜遅く、私が階下に降りて来てみると、イウカさんが居間のテレビを見ている。

夫の死の直前だったが、私は家の台所の食卓を少し変えることを考えた。それまでの食事用のテーブルはあまりにも狭く小さく、食事と同時にその家に住む人が、会話を楽しんだり、おやつを食べたりする場には適さなかった。

まずテーブルがどうしても狭い。私の住んでいる古い家は、今時のマンションと違ってリビングダイニングと言えるほどのデザイン性はないのだが、それでも昔の家の台所だから、面積だけは少し広い。

私は自分が次第に老いぼれる日を考えると、訪ねて来てくれた友人を客間に通して、お茶を運ぶことなどできないだろうと考えた。しかし友人なら、台所に通すことにしよう。離れていないテーブルで、冬には熱いものを出せる。調味料の壜《びん》などがごちゃごちゃ並んでいる乱雑さは払拭できないだろうけれど、一応清潔で夏は涼しく冬は温かい部屋にしたい。そうすると、少なくとも私の知人、友人たちは、あまり心理的抵抗なく、「粗茶」を飲んで行ってくれるだろう。

私の親たちは一応八十代、九十代で死ぬ直前まで健康だったが、母の系統には神経痛だの関節痛だのを患う遺伝的素質はあった。それを思うと、死ぬまで自分だけは健全ですたすた歩けるという予定を立てているのも図々しい話だった。だから清潔で、冬は温かく夏は涼しい台所を用意しておけば、訪ねて来て下さった方に、台所でお茶を出せるだろう。

そんな簡単な用意で老後が少し賑やかになるなら、と私は考えて、或る日、特注のテーブルを作ることにした。

私が執着したのは、一種の丸いテーブルで、私は、ほんの数秒でその型紙を作った。新聞紙にざっとマーカーで円形らしいものを描き、このサイズでこの形で、テーブル面を作って下さいと業者さんに頼んだのである。

この企ては、わりとうまく行った。日常、私の家は三人で昼の食事をとるが、この円形テーブルにはきちんと席を作れば、五人は坐れる。それどころか詰め合わせて七人坐ったこともある。どうせごちそうはないのだから。

イウカさんは夜、このテーブルに坐ってテレビを見ることが多い。その時、雪ではなく、直助がテレビの前のイウカさんに抱かれている。それがどう見てもおっぱいを飲んでいる感じなのだ。「ヤイ、男の子の癖におっぱいを飲んでるなんて恥ずかしいぞ」と私は言ってやるのだが、直助は悠々と「それがどうしたんですか」と言わんばかりに真丸い眼で私を見返すだけだ。

私はもう老年になる前から、どこの家にもその家なりの暮らし方があるということを、骨の髄まで感じていた。私がティーンエイジャーの頃は、暴君だった父のご機嫌ですべてのことは動いていた。そういうのも少し不正確で、父は自分が気にくわないことがあると、家族が、外界の人と約束していたことまで、すべてをやめさせようとした。つまり精神的罰則で報復したとしか思えない。

一人の好みによる生活上の不安定を、私はひどく嫌うようになった。別に外面的な評判ばかり恐れていたわけではない。

しかし外の人には、他人の家の細かい事情はわからないのだから、約束したことは単純に守った方がいい、と思ったのである。家族に病人がいても、遊ぶ約束をした人は気楽に送り出してあげたい。

それは私の母が離婚するまで生涯手に入れられなかった小さな幸福であった。まだ私が子供だった時代、母は私の幼稚園の「友人のお母さん」たちと、時々小さな約束をした。幼稚園の「お迎え」の帰りに、どこかで、ご飯を食べようとか、誰それさんの展覧会を見に行こうとかいう程度の小さな遊びの計画である。

別にそのことのために、特別に服を新調するとか、大きな出費が要るということもなかった。しかしそんなささやかな楽しみさえ、母は必ず叶えられるということはなかった。

母に小さな日常生活上の落ち度があると、父は罰として母の楽しみを奪うようなことをしたからであった。「今度の芝居はもう行くのは許さないからな」というのである。その手の罰が、人間を改変させたりしない。人間を創りなおすのは、寛大さと優しさである。

もっとも幸いなことに私は育った家を離れるとすぐ、こういう家庭環境を恨まなくなった。このような人間の精神構造を明確にわかるようにしてくれたのも、やはりそれを教えてくれた狭量な父のおかげなのだ、と思うと、私は人よりも少しだけ濃密な教育を受けたのだ、と思えなくもなかった。恨むどころか、私は、深く感謝をしなければならなかったのである。

第四部

自分の後始末

私が死んだら、家族はどうなるか

たいていの猫の飼い主と同様に、私も直助と雪の二匹に関して奇妙に感傷的であった。

ブリーダーと呼ばれる繁殖業者のやり方に精通しているわけではないが、私は猫も生後百ヵ日、つまり三ヵ月ほどで母親の許から離されると思い込んでいる。つまりペットを売る商売の人たちは、仔犬や仔猫が死なない限り、できるだけ小さいうちに、新たな飼い主を見つけたいと考えている。だから仔猫たちは掌に乗るほど小さくて、まだお母さん猫のおっぱいの恋しいうちに売りに出される。

猫の仔は、お母さんの「おっぱいもみもみ」のしぐさをする。お母さんの胸に向かって、母乳を出すように両手をかけて「もみもみ」するのだ。それが猫のお母さんの胸ではなくても、私の胸に抱かれていても、それどころかクッションの中に置かれていても、まるで本当のお母さんのおっぱいがあるかのようにこの独特の仕草をする。

解釈はいろいろあるらしい。私は誰からともなく、「おっぱいもみもみ」と習ったのだが、イタリアでは「パスタこねこね」なのだそうだ。それも立派な解釈になる。犬は戸外で生きているが、猫は家の中が生きる世界なのだ。

私は直助と雪の二匹を、と言いたいところだが、独立心の旺盛な直助には、あまり手を出さず、やはり牝らしく甘えの姿勢を残している雪を抱くことが多かった。

長さ十センチ以上はある白い長毛で、ペットショップで買ってきた時は、純白のようなことを言われていたが、今は融けかけの雪道みたいに、あちこちに泥色の毛が混じるようになった。

しかし泥雪色で何が悪いというのだ。それが我が家の猫なのである。第一、雪は、遠目には美猫だが、近くで見ると、少しもそうではない。オッカナイ目鼻立ちだし、横顔もお団子を集めてこねたような輪郭だ。しかしそれが「うちの雪ちゃん」なのである。

私は夜だけ、寝ている自分の枕の傍らに、短時間だけ雪をおいてやることにした。雪もそれを期待しているように見える。

こんなに甘やかしているのに、猫は少しも笑わない。犬では笑っているように見えるのもいるが、雪は笑ったことがない。

そうだろうなあ、笑うような境遇を生きては来なかったんだ、と私は雪に代わって答えていた。一生をどういう家で送るか、自分で選べないのだから。

今のところ、私は二匹の猫を死ぬまで飼うつもりでいる。幸いにも我が家の同居人のイウカさんも猫好きで、いつも猫撫で声で喋りかけている。

私は自分の死んだ後が心配で、息子夫婦が飼うと言ってくれればいいのだが、まだその確認も取っていないから、A（出版）社のBさんは猫好きらしい、というような情報を集めて、私の死後の猫たちのことを頼んでみようか、などと考えて、秘書にも言ってある。

「本当は静かな猫だから、そのことをよくBさんにお話ししてね。家具を引っかいたことも、柱におしっこをかけたこともありません、て言うのよ。全く啼いたことがないから、初め私も声が出ないのかなと思ってたくらいなの。そして心配になったもんで、或る日尻尾を踏んでみたんです。そうしたら一声『ミュー』って細い声を出しましたから、発声機能は正常です、ってことも申し上げるのよ」

と私は売り込みに必死だ。

もし将来、老人ホームへ入ることになったら「猫同伴可」という条件の所を探さねばならない。動物は餌を与えればいいというものではない。毎日、しっかり抱いてやり、わかってもわからなくても、人間の言葉で話しかけてやらねばならない。

その癖、私は、まだいつもどこかで、長毛の雪の毛が私の口に入ったらいやだなあ、万が一、どこかで、ノミなんかうつって来ないだろうなあ、と怖れている。それに私は、猫の毛アレルギーもあるのだ。

こんなに意識的にかわいいと思っているのに、猫の毛アレルギーがあるのも理解できない。もしこれが人間だったらどう考えるのだろう。あんなにあの人が好きになったのに、並んで坐っただけで、首から肩のあたりにすさまじいジンマシンが出た、ということになったら、私はどうするだろう。

そのうちに馴れる、治ると信じて結婚するか、それとも、あの人を夫として暮らす限り、ずっとジンマシンの痒さに耐えて行くのはたまらない、とわかったら、やはり別れる決心をするか……。「そうなったら、その時に考えろ」と私の中のもう一人の私は自分に言っている。

人間の世界は実に問題だらけである。今問題になっていなくても、問題を内包している。問題がないと思うのは、現在はそのことに気づいていないからだ。だから誰が強いかというと、鈍感な人間の方が強いということはわかり切っている。

「死に場所」をどこに見つけるか

猫は一年経つと人間の六歳になる、と教えてくれた人がいる。だから猫が十年生きれば、それは六十歳の生命を全うしたことになる、というのだ。

私が猫とつながりを持った時、私は「人生」ならぬ「猫生」の知識を全く持っていなかった。昔から我が家の周辺に出没する野猫の動静を見ていると、彼らの寿命は多分十年くらいだろう、と頭から思い込んでいたのである。

どんなに健康で生活力が強そうに見える猫でも、十年近く野生を貫いたという個体は見たことがない。それどころか数ヵ月数年でいなくなる。つまりどこかで死んだのだろう。

猫は死ぬ時に身を隠す、という説もあるが、それも我が家の場合は当てはまらなかった。それどころか通りすがりの野猫までもが、我が家に死にに来る、という気さえする。

たまたまその日には、私は家にいなかったのだが、或る年、私が海の家に滞在していた時に留守をしてくれるMさんという女性から、電話がかかって来た。数日前から馴々《なれなれ》しげに庭先にやって来る野猫がいて、その猫が台所の傍で死んでいた、というのである。彼だか彼女だかは、Mさんが与えるおかかなどは食べるが、決して自分の身をMさんに触らせない。

Mさんも私も、餌に釣られて猫が次第に人間の近くまで来るところをみると、そのうちに頭を撫でさせるだろう、と思っていたのだが、野猫が人間を信じないことは、見事なものだった。

どこかで読んだような記憶があるのだが、猫は仔猫の時に、人間に触れるのを母親が許さなければ、決して慣れないのだという。

この猫も、生きている時は決して私たちを信じなかったのに、死ぬ時は我が家の裏口で死んだらしい。しかしこのことだけで、私は少し心が和んでいた。

表現の内容としてかなり違うが「死に場所を与えてやる」ということは、「生きる場所を与えてやる」のと同じくらいの重い係り合いだ、と私は思ったのだ。それでいいのかも知れない。

というか、この猫は我が家に、「生きる場所」をではなく「死に場所」を求めて来たような気さえする。それならそれで、望んだものを与えたのだからいいのではないか。この猫は私の家以外の場所では、「死に場所」も見つけられなかったのだ。

Mさんとこの猫は、陽が燦々《さんさん》と当る表庭の芝生の所で会った。それからこの猫は遠慮がちに北側の台所の出入口の傍に移動し、Mさんはカツオブシの出汁殻だか煮干だかをやった。謙虚な出会いだ。しかし猫にすれば、その最期にもう一人、食事を与えてくれる人間に出会った。幸運な仔だ。

死の前に、明るく温い心に触れて息を引き取れば、その生涯は成功だった、と私は思うことにしている。そんな体験を一度もせずに人生を終った人だっているのだ。猫も同じだろう。

猫の寿命を勝手に十年くらいのものだ、と思い込んでいた私も、全く不勉強だった。私は猫の来る前に、一応猫について知識を持つための本を読んだのだ。しかしそこには、肝心の猫の寿命についてふれた項目はなかった、と思う。

私は既に八十歳を過ぎていた。もし二十年くらい生きる猫はざらにいると知っていたら、私は猫を家族にすることに躊躇しただろう。私の死後、私がかわいがっていた猫は誰が抱いてくれるのだろう、と思うからだ。

私が住んでいた家が、当分の間はそこに残るとすれば、たとえ見捨てられても猫はそこに住み続けるだろう。「猫は家につく」という言葉もあるくらいだから。しかし家というものは、建築物だけの問題ではない。その建物の隅々にまで波及する足音だの、「かける心」が必要だ。

何より人の声が、春の海のさざ波のように、家の隅々にまで響いて来るのが家というものだ。野猫は薪小屋の一隅でも、そこを我が家と信じ、ぬくぬくと寝そべってくつろげるのだろうが、一度家族に飼われたことのある猫は、飼主の匂いと体温を求めて家中探し廻るに違いない。

子供の時から私は、何度も犬を飼うことを許してもらった。私は両親が三十代の半ば近くに生まれた子だというが、それでも親たちは、飼い犬や猫を充分に見送れる年齢だった。

ペットを飼う場合に当然持たねばならない最低の責任とはそういうものだ。

年を取ると共に、私はペットをかわいがるという気分より、その生涯の責任を誰が見てやれるか、ということばかり考えるようになった。これもよくない。

人間はよく、一夜の情に負けて、思いがけないことをする。その愚かさによって、又、考えてもみなかった複雑な人生を味わうことになる。これは神のさしがねか、悪魔の計らいか、いずれにせよ、人間の予測不能なドラマが用意されていることが多い。

「善悪」とは別の気休め

当り前の話だが、私は猫にも個性があることがおもしろくてならなかった。直助と雪は、猫の種類別に分けると、スコティッシュフォールドというのだそうだ。直助を地方のホームセンターで、雪を東京のペットショップで買った時、彼らの耳が折れているのが特徴だということはすぐわかった。

そもそも普通の日本の猫の耳はぴんと立っているものだった。それが折れているのだから、楕円形の顔は、完全につぶしたおむすび型になる。

見馴れてみると、おむすび顔の方が愛嬌があるのだ。人間にせよ動物にせよ、端整できりっとした顔立ちもいいけれど、他に「ファニー・フェイス」とでもいうべきものを、おもしろくてかわいい、と思い始めた時期がある。つまり「規格外の価値」の発見である。

もっともこの「へたれ耳」の猫を創るのに、人間は数百年かかった、という説もある。その根幹にあるものは、「見馴れると、アバタもエクボ」の情熱だ。そうしてできた新しい猫がスコティッシュフォールドなのだそうだ。

私はもともとブランド物を手にする趣味はなかった。今までに、二、三回プレゼントとして有名なフランスのデザイナーのハンドバッグを頂いたことはあって、その時は勤めてもいたので、毎日のように通勤に使った。

しかし私の感覚で言うと、私という「人物」には、どうもブランド物の持つ威嚇的たたずまいが似合わないのである。

猫を飼おうと思った時も、私がぼんやりと思い描いた計画は、当時家の周辺に何匹も棲みついていた野良猫のうちの一匹を、或る日から「我が家の飼猫」と勝手に決め、定時に定位置でご飯を与えようという計画だった。名前をつけるとしたらそれからだ。

夫がまだ生きていた頃も、或る時、私たちは一匹の野良猫を飼うことに決めた。野良猫の性格はしつこいもので、なかなか人間に体を触らせない。それでも私たちは彼女をうちの猫と決めた。

困ったのは名前だった。うちへ来る人はすぐ名前を聞く。私たち夫婦は命名を後回しにしていたが、夫は或る日困惑の果てに「ネコ、というんです」と来客に説明してしまった。

お客の方も「アラ、マア」と困っていたらしいが、夫は「猫餌は一番安いブランドのものでいい」などとかげで言っておきながら、図々しくその猫を「うちの猫」にした。野良猫の新しい飼主になるには、「コレ、コレの条件を満たさなくてはならない」と六法全書に書いていないので、多分世間にはこうしたサギ師まがいの飼主がたやすく出るのである。

結局、その年、私は二匹の猫を家に迎えた。こうしたことをエッセイに書くと、今度は知らない人からの手紙や電話を受ける。その六、七割は、なぜ哀れな捨て猫をもらってこなかったのか、という非難である。

「ほっておいてよ」というのが、正直なところ、その時の私の気分だった。私は動物愛護のつもりで猫を飼うことにしたのではなかった。その時の私の心理が猫を飼うと健康になりそうな気がしただけのことである。

つまり猫を飼ったのは、ひたすら利己的な気分の結果である。それを簡単に道徳と結びつけられてはたまらない。

そういうおせっかいをするのは、決まって女性であった。私のしたことはいいことでもないが、大して悪いことでもない。多分社会悪でもないが、強いて言えば利己的な気持ちの結果である。自分を前向きに歩かせるための行為だ。それは立派な行為でもないが、ひどく非道徳的なことでもないのである。

人間は、いいことでもないが、積極的な悪でもないということを始終やるものだ。それなのに世の中の「善人おばさん」たちは、人間の行為をいちいち道徳と結びつけたがる。人間のやることは、善か悪かのどちらでもなく、只その時の気休めということも多い、ということを認めない。

私は自分が一生にやって来た行為のほとんどは、その場逃れ、つまり辛い状況からの回避を図った結果だと思っている。だからと言って責められることでもないだろう。むろんいいことでも、立派なことでもないが……。

安全とはつまり、危険を回避することなのだ。それに失敗すると人間は病気になったり、自殺したり、家族が別れ別れになったりするから、その悲劇を避けられれば大成功だと言えなくもない。

つまり言葉を換えれば、人間は一生、或る状態の中での難民なのだ。だから、お互いを憐れむのではなく、助け合わねばならない、という原則が変わることはない。

しかし現代の日本人のほとんどは、途上国民とは違って、自分はまともな暮らしのできる人生の成功者だと思っている。国民にそう思わせられた政治は成功したのだが、個人が成熟した人間になれたかどうかはまた別問題だ。

苦悩もまた、人間の資産

今、我が家の家族として暮らしている直助と雪の二匹の猫は、どちらもスコティッシュフォールドという猫種で、特に目立つ点はないが、只両耳がへたりと折れているのが特徴だという。

人間は、時々愚かなことに情熱を燃やす。猫の場合、彼らのまっ直ぐに立っているはずの耳をぺたりと折るために、何百年もかけたのかもしれない。

昔から猫の耳は立っているもので、私たち子供は、猫の絵を描く時、真っ先に二つの山型を画用紙の上に描いたものだった。これが両耳である。その下に楕円形のおにぎり型を描いて、それに片側三本ずつのヒゲを描けばそれで大体猫の顔になる。

犬の顔を描くのは難しいが、猫は簡単だと思った。

私は別に横文字の名前の付いた種類の猫を欲しがったわけではない。夫の死後、私が田舎のホームセンターで、真ん丸の眼をした仔猫の直助を買った時、それがスコティッシュフォールドという種だったことなど、猫について無知な私は知る由もなかった。

私の本来の計画はあくまで、誰か近所の人の家で生まれた仔猫をタダでもらってくることだったのだ。昔から猫は一度に五、六匹の子供を平気で生み、貰い手が見つからないと、それを公園や駅前に捨てる人もいた。拾ってくれる人がいたらラッキー、いなければ放置されて死ぬのも運命、と当時は皆が納得していたのだろう。

だから私が大学に通っていた頃には、或る日向こうからやって来る見ず知らずの小学生がいきなり大きめのハンバーグステーキくらいの仔猫を私の鼻先に突きつけ、

「小母さん！　猫もらって下さい」

ということもあったのだ。その子は学校の帰りにこうした仔猫を一匹拾い、家へ持って帰って「ねえ、ねえ、お母さん、この仔を飼っていい？」と言ってみたのだが、果たして許されなかった。それで改めて町へ出て、飼い主を探していたのだ。今と違ってその頃は、うちの近くも宿なし猫だらけだった。隣家との間の大谷石の塀の上は、猫の銀座通りという感じだった。我が家の小さな花壇の土をトイレと心得て、毎日しゃがみに来る猫もいて、我が家のお手伝いさんは、時々怒っていた。私の知識では、家なし猫はその辺にいくらでもいたのだ。だからそのうちの幼い子を一匹手なずけ、安い首輪を買って来てはめてやり、人間が食べたイワシの塩焼きの骨と尻尾でもやれば、すぐ飼い猫になる、と私は軽く考えていたのである。

ところが、私は年老いて、完全に時代を見誤っていた。既に私の身辺にはノラ猫など全くいないのみならず、拉致できるように一匹で自由に外を歩いている猫もいないのだ。

第一、猫の餌に、イワシの塩焼きの食べ残しを考えるような飼い主はまずいないのだという。現在の世間の猫は、我が家の二匹の猫共のようにお坊ちゃま、お嬢さまばかりらしい。栄養の計算が完全にできたビスケットだけを食べる。これさえ食べていれば便秘も下痢もしないし、骨が弱くなることも、毛皮の艶がなくなることもないのである。

私の家では、みんなが年取って正式な名前を覚えにくくなっているので、この猫の餌を「カリカリ」と呼んでいる。直助も雪も、そんな音を立てて、この栄養満点の餌を食べる。一年中、朝も晩も、夏も冬も、少しも嫌がらずにこのカリカリを食べる。そして理想的なウンチをする。

人間社会でも、常時きちんと計算された給食を食べてしかもその味をあきない人間ばかりの社会になると、胃潰瘍や便秘の人もいなくなるだろう。もっともそんな形の均一化で、この世の苦悩が取り除かれるとしたら、それは恐怖以外の何ものでもない。苦悩もまた、人間社会の大きな精神的個性であり資産であることが忘れられているからだ。

今の飼猫は昔の猫のように人間の食べ残しなど食べていない。しかし自然の中で暮らしたこともない。餌の工面をするために、ドロボーをしたこともない。昔は庭に来る雀を追いかけていたが、気の毒に、我が家の庭にも雀を見かけなくなって久しい。

雀だけではない。トカゲもよくいたのだが、今はトカゲがどこかにいるという証拠もない。これは本当に淋しい光景だ。

先日、私に生きている車海老を下さった方があった。私自身はこういうぜいたくな食品を、家族のおかずに用意することは皆無と言ってもよかった。

イウカさんがまずオガ屑の中から、生きた海老を捕まえて、流しの中に入れた。

その間に私は雪を抱いて台所に行った。生きている海老を見せることも猫の教育だと思ったのである。

この一事から見ても私がいかに教育熱心な猫のお母さんかということは、よくわかるであろう。

魅力的な人生を生きるために

考えてみると、現代社会には謙虚を徳とする会話とか、平等を基本とする人間関係とかいうものがあるが、そうした人工的で実は曖昧模糊とした評価が、却って社会における人の暮らしを安定の悪いものにしているのかもしれない。

そもそも平等という自然状態はほとんどないに等しい。或る人は背が高く、或る人は小柄である。背の高い人は、列車の網棚に荷物を載せる時は便利かもしれないが、書庫の棚の最下段を掃除する時には、必ずしも得をしているとは言えない。地位のある人、年長者、学歴の高い人などが威張るということにしておくと、世の中の秩序はたやすく守られるが、つまらなくなることも本当だ。その決まり切った退屈な評価の基準を破り、人生を活気ある魅力的なものにするには、既成の価値観を常に壊す姿勢も必要なのだ。人生における新たな魅力の発見が行われないと、私たちの日常は沈滞化する。

猫にも私には新しい発見があった。うちへ猫たちが来る前、私は猫というものはどの猫もほぼ同じくらいの能力と性向を持っているものとばかり思っていた。しかし一匹一匹の猫の持つ好みも能力も恐ろしく違った。

直助は、食味評論家であった。今まで食べたことのないものでも、家の中に食物の匂いが漂うと、まず鼻のあたりをヒクヒクさせる。勘が悪いからなのか、冒険の気性に富んでいるからなのかどちらかわからないが、自分の知らない食べ物も、とにかくちょっとは味わってみようとする。私がこっそりミルクキャラメルを一粒口に入れても、私の顔を見ながらうろうろする。

直助はその結果、好物として海苔を発見した。毎朝小指の爪ほどの大きさにちぎった海苔を、五、六片もらう。そのたびに「けちなお母さん」である私は言う。
「うちの上等な海苔が確実に減るのは、私が食べるからじゃないのよ。もっぱら直助の朝飯なんだから」

それから更につけ加える。
「海苔のおかげで直助が丈夫で長生きして二十年も生きたら、とても最期を見てやれないわ。困ったものね」

私は一応ペットの寿命も考えてごく自然に家に迎え入れたつもりなのだ。

どの家でも、飼っている猫を自慢するらしいのだが、私の自慢の種は実質的だった。
「この猫を飼ってもう二年以上になりますけど、予防接種以外に、獣医さんにかかったことは一度もないんです」

直助がお医者にかかるとも、任意の健康保険をかけていない限り、医療費はかなりの高額になる。後で私もペット保険に入ったのだが、初めの一、二年間は入っていなかったのもほんとうなのだ。

そんな時私は、アフリカで会った村の人々が、五百円にも満たないお金がないために、夜中に熱を出した子供のための薬を買いに行かれない不安を味わっていたことを思い出していた。

文字通り星の降るようなアフリカの夜、私はよく現地で働いている日本人のシスターと、遅くまで戸外で喋っていることがあった。土地にもよるが、雨の少ない地方では蚊もいないので、冷房設備のない修道院では夜のお喋りは歓迎されるのである。

すると、十時頃になって、修道院の入口のベルが鳴る。当番のシスターが玄関に出るようになっていた。

「何でしょう」

と私は日本と同じように緊張する。実は一瞬「速達か！」と思うのだが、そんな便利な配達のシステムはアフリカの田舎にはない。

「多分……村の人が、子供が熱を出したんでお金を借りに来たんですよ」

とシスターが言う。

「修道院に？」

本当は、この「貧しい修道院に？」と言いたいところである。

「子供が急に熱を出せば、アスピリンを買いに行きたいでしょう。でもその二、三百円さえない人がほとんどですから、時間かまわずに来るんですよ」

シスターの語調は真実を語っているだけで、決して冷たくはなかった。

私たちにとっては、数百円はあまり大きな金額ではない。しかし貧しい村人にとっては何日分にも当たるお父さんの労賃なのだ。お父さんの労賃は、子沢山の家庭のその日暮らしのためだ。そんなお金を、気楽に手許に用意してある人は滅多にない。

しかし貧しい人の暮らしは不幸かというと決してそうではなかった。永遠から続く夜の暗闇は、毎夜、柔らかく草葺《くさよし》の家々を訪れる。わずかな竈《かまど》の残り火も、室内にともされたたった一灯の油皿の灯火も、家族の絆の温かさを伝えている。「猫の健康保険」などというものとは、無縁な、しかし濃密な家族の体温が、星空の下には凝縮しているのである。

そして死は迫りくる

「猫の健康の基本は……」と言いたいところだが、正確に言えば、猫でも犬でも人間でも、健康の基本は、すべてあってしかるべきものが過不足なくあることだ。食料が充分にあることは一つの大切な条件だが、豊富な食料があることの背景には健全な空腹も要る。

すべての食物をおいしくする絶対の条件は空腹であることだ。お腹が空いていれば、塩をふっただけのご飯でもおいしい。更にお米のおいしさだけでなく塩のおいしさまで分かる。

私はアフリカを旅行中に、或る時、田舎のカトリックの修道院で、ご飯を食べさせてもらうことになった。修道院というところは、昔から規則として、旅人に宿を貸さねばならないことになっている。勿論、厳密に外部には門を閉ざした修道院の外に近い一部を開放するのだが、外部の人が、一宿ではなく、一飯を食べに来ることもよくあるらしい。

私も修道院に入った同級生と、何年かに一度旅行をすることがあるのだが、そんなときに行くのは、やはり修道女になっているクラスメートのところである。なんだか親戚の伯母さんの家にごちそうになりに行くようで、私は「図々しい」と思うのだが、考えてみるとこういう親しさはなくさないほうがいい。

招かれざる客の来やすい家というのは、どこかのんびりしている。いきなりご飯を食べに来られた修道院の方はいつも「あら、いらっしゃい」と言ってくれる。修道院の生活の基本は「分け合う」ことなのだから、飛び入りの食客が、二人や三人増えてもどうということはないのである。あるものを分け合えば、それで済むのだ。

私はそこで早々とフランス語の単語を一つ覚えた。「分ける」ことをフランス語では「パルタジェ」と言うのだ。

修道院という所は大所帯だ。二十人や三十人が一緒に食事をしていることが多い。だから私のような飛び入りが一人や二人増えてもどうということはないのかもしれないが……。「いいわよ、よく来て下さったわ。皆といっしょにご飯食べて……」と言われると、本当に親戚の家に来たような感じになる。その基本にあるのは、足りていればそれを、不足していれば不足という現実を分け合って生きる精神なのだ。

私の母も、よく人にご飯を食べさせる人だった。今でも忘れられないのは、明日戦地に発つ、という海軍士官が、我が家で最後の家庭料理を食べて行ったことだ。もっとも私は当時まだ十三歳だったから、その最後の「家庭のご飯」の意味もよくわからなかった。

戦争が厳しくなりかけの頃で、町の食堂もそろそろ食料不足で閉めている店が多くなり、母が親友の息子に「うちで食べておでかけなさい」と言うのも自然なことに思えるようになっていた時期だった。

しかしそれ以上に、母はその人を「家庭」から送り出したかったに違いない、という気がする。彼の家が、東京にあったなら、彼は最後に必ず母か姉の手作りの食事をして出征して行ったことだろう。

しかし地方出身者だと、発つ前の食事を、自分の家で、母の手作りの味で摂ることはできなかったのだ。それでも最後の食事は何とか家庭の味で送り出したい、と私の母は思ったに違いない。

その青年が生きて再び帰って来ることがないかもしれない、という苛酷な運命のことは、誰も口にしなかった。しかし当時は皆が知っていたのだ。

今の世の中には、そんな思いつめた別れの食卓などない。その分誰もが、食事に深い感謝もしていない。時分時になって、出されたから食べた、という感じのだらけたものになっている。しかし私たちはいつかは最後の別れの食事を摂る。

イエスもまた、弟子たちと最後の食事を摂った。弟子たちは何も知らなかったが、イエスはそれが自分の最後の晩餐になることを知っていた。

人間は常に、自分の置かれた厳しい現実を知らない。知らない、というより現実は知りたくないのだろう。

自分の死が迫っていることを知らなければ、実は人間は「その日」を生き切ることなどできない。しかし人間は充足などしなくてもいいから、自分の直面している恐ろしい死を知りたくないのだ。

果たして死はそれほど恐ろしいか、ということになると、私は少し疑っている。死は誰もが耐えねばならない運命だとされている。そうでなければ、万人が死などという途方もない現実を受け入れ、それに耐えることなどできるわけがない。

もっとも猫は、運命を知らないがゆえの気楽さと哀しさを人間に見せつける。子供を持って行かれても、自分自身を知らない人に売られたりもらわれたりしても、数日で懐き、その温かい体温で新しい家族を許し慰める。

寄り添って生きるということ

改めて考えてみれば、人間は時間の経過の中で物を考えるから、その思考の形は自然に多重的だったり、哲学的であったりする。しかし、猫はいつも現在だけを重んじて生きている。物事の背後も未来もない。今一番必要なこと、最も強く実感していることに突進する。

寒ければ温かい所を探し、敵がいそうな場合は必死で逃げる。その場合、面子とか今までの自分の立場などというものは一切考えない。財産も持たないから常に身軽だ。

猫はいつも窓と椅子を選ぶ。夫が亡くなるまで、我が家には猫などいなかったから、窓も椅子も初めから終りまで人間が使うものであった。しかし今や窓と椅子を選ぶのは猫たちなのだ。

窓は陽差しや風の入り方と密接に関係がある。考えてみれば窓は謙虚なのだ。陽や風に指令を出すのでなく、陽や風が好きなように、無言で道を開けたり閉ざしたりしている。

猫もうまく空気の自然な温度を使って生きている。人間の好むこたつにもぐり込んだり、木陰を利用したり、冷たい石の床の上に寝たりする。自分自身は夏でも「安ものの毛皮のコート」を着ているのだが、それを重荷に感じたり不平を言ったりしない。

人間もこうありたいものだ、と私は年に何回か思う。人生でないもののねだりをしてせっかく与えられているものをないがしろにしたりしてはならない。雪の毛皮はオーバーコートでもあり、蒲団でもあり、日除けでもある。直助に引っかかれる時の防具でもあるだろう。それから私のような人間に抱かれる時、相手にちょっと甘い感覚を贈るコケティッシュな衣服でもある。

現世に生きるものは、あらゆる技術道具を使って、ひとに仕合わせを贈ろうとする。この場合の「ひと」は「人間」だけではない。「身近にいる生命である相手」すべてである。その仕合わせも、「未来に贈ります」というような空約束ではない。今日、只今素朴に贈ることだ。

「猫舌」だと言われる猫たちは、熱いスープを飲んだりしない。しかし人間は寒い日に、ほんの少し温かい飲み物を与えられると、ほっとする。雪道を行かねばならない人は、村の灯を目当てに歩き、もう少しで火の傍に坐れるであろう自分を夢想する。夢想とは言え、それだけでも最後まで歩き通す僅かな力をもらう。

私は今でも毎日のように直助と雪を抱いている。人間が彼らから母親を奪ったのだから、その罪滅ぼしだ。

直助は抱かれるのをあまり好まないが、雪は人間の体温に包まれて眠る。いや多分母親の温かさを取り返した気分になるのだろう。それが最も動物的な解釈だ。

しかし朝まで私と一緒に寝ることはない。雪の毛皮が彼女に自立を教えている。寒い冬の日の吹きさらしの軒下ならともかく、雪は私と寝ていてもすぐ暑くなるらしい。

人間の子供が何歳になっても、母の乳房をまさぐろうとするのは、人間が毛皮で覆われていないからかもしれない。毛皮のない皮膚は、いつまで経っても母の体温を敏感に求め続ける。

つまり人間は、何かに肌を覆われていないと不安なのだ。皮膚でも、衣服でもいい。それなしにむき出しでいると、体だけでなく、心まで震えるから、人は着たり寄り添ったりする。

雪は長い毛を持っているにもかかわらず、それでもむき出しが嫌いだ。うずくまる時は壁際だし、寝る時には私のベッドの上、私の足の部分で寝たがる。

私にはその思いがよくわかる。生きるということは、誰であろうと他者の認識の範囲の中に自分がいる、と信じられることなのだ。誰からも覚えられず、誰の体温も感じないことではない。誰かに寄り添って生きられなければ、せめて声の聞こえる所にいたい。その心を伝えてくれる手紙をほしい。何によってもいいから、自分のことを気にしてくれる他者の存在を信じたい。

その思いが一番簡単に叶えられるのは、現実に誰かの傍で暮らすことだ。しかしそんな簡単なことさえ、現世ではなかなか希望として叶えられていない。国境は始終閉ざされ、住宅難は、親子夫婦が近くに住むことを妨げる。金銭的に、そんな簡単な生活さえどうしても実行できない人たちもいる。

まだベルリンの壁が存在していた頃、壁の向こうとこちらに住んでいた「愛し合う人たち」は、決して相手の肌に触れることはできなかった。人間は、無力で愚かな癖に、どんな残忍なこともできる。いやむしろ、無力で愚かだからこそ、残忍なことができるのだ。

何年もの間に、どれだけの人々が、愛する人を抱きしめることもできずに、大した理由もなく壁の向こうとこちらで死んでいったか。それなのに、壁は或る日、信じられないほど簡単に崩壊した！

私たちに与えられた使命

私は小説家という肩書も現実の仕事も好きであった。理由は簡単なのである。その名称も示すように仕事が「大なる説」を述べることではなく、「小なる説」を唱えればいいからであった。

小なる説とは何か、大なる説が天下国家を憂う姿勢で発する言葉だとすれば、小なる説は目のつけ所がずっと下らなくていい。もしかすると、浮世の愚痴でもいいのである。

長年のつき合いの悪友が、十年前に貸した金三千円をまだ返してくれないとか、せっかく育てた鉢植えの苗を隣家の性悪猫が棚から落としてめちゃくちゃにしてくれた、というような愚痴を延々と書くのが、小説家の任務なのである。そんな下らないできごとだって、作家は三十枚の短編に仕上げてしまう。

最近の私の日常の中でも、猫と分かち合う生活の部分はほんとうに下らない。私は寝坊ではないが、猫たちは私の起床時間をそれとなく見張っているような気がする。

或る時、私は思いがけず寝坊して、ほとんど着替えもせず階下に下りて来た。ずっと一緒に暮らしているイウカさんと朝のコーヒーを一緒に飲むことを一日の初めと思っているし、血縁はなくても家族の絆を確かめる習慣のように感じている。

現実には私が何時まで寝ていようと、イウカさんはその我がままを許してくれると思うが、私はこうした規範のない暮らしをいささか嫌っている気味もある。

人間には全く身勝手な、個人的魂と肉体の欲望もあるが、必ず近くにいる人との社会的な約束事に縛られて生きたい部分もある。それがないと、人間の精神と肉体は、あまりにも身勝手になり、現実の健康さえ崩れるような気がする。

人間の暮らしにはすべて両面がいるのだ。魂も同じだ。縛られる面と身勝手が許される面との双方がある時、人間は、人間性を失わずにいられる。魂の不自由が人間性を破壊することは、戦争中の社会のあらゆる面で証明された。しかし完全な自由だけを手に入れても、人間の心は健康にならない。

或る日、私は珍しく寝坊して、朝九時過ぎに飛び起きて階下に下りて来たのである。何か柔らかな刺激があって眼を覚ましたのだが、それが何であるか私にはわからなかった。私は寝巻のままガウンをつかんで階段を下り、イウカさんがまだ台所にいれば、改めて一緒にコーヒーを飲むつもりだった。

すると私の後から直助が雪を従えて下りて来るのが見えた。

日本人は戦後、民主主義的精神に変わったのだが、猫は依然として保守的な意識の持ち主で、常に「偉い存在」が決まっている。年長者、その家や場所に先に来ていた者（つまり先住者）、体の大きな個体、牡か牝なら牡、が偉いのである。彼らはそれらの諸事情に従って生き、新しい秩序の認識とか職場の改革とかは一切考えもしない。

私はその時、初めて直助が「私」の生活から「公」の秩序に入っている姿を見たように思った。

直助は雪を従えて二階から下りてきた。猫は家中に二匹しかいないのだからお互いの合意が成り立てば、横に並んで歩いてもいいのだが、彼らはしっかりとどちらが先に歩くかを決めていた。

直助は堂々と先を歩いた。猫は封建的意識の動物だった。牡で、先住（者）で、体が大きい直助がここでは偉いのだから、先に立って歩いている。雪を家に連れて来た時、直助は自分の餌を雪が同じ器から不作法に食べる身勝手も許し、新参の不作法な雪に「猫パンチ」を喰らわせたりすることもなかった。しかし直助と雪のどちらが偉いのかの立場だか順序だかは、いささかも変わっていなかった。牡で、先住で、体の大きな直助の方が偉くて、群の長になるという条件は、岩のように変わらないのである。

もし猫の社会に、人間が高く評価した「民主主義の平等」などを導入したら、二匹の関係はめちゃくちゃになっていたろう。

そこで生きものの世界における人間の役割というものも出て来る。猫を飼った以上、私が終生餌を与える義務はある。しかし、彼らの生きざまの長い年月の間の約束事に介入してはならない。

私はいつの間にか、このもう半世紀以上建つ古い家の戸主だか、老家主だかになっていた。

そして気がついてみると、今、私の家主としての義務はたった一つだった。今晩を過ぎて明日の朝、日が昇るまで、私にはこの一つ屋根の下に集まる命を守る義務があった。人間はもちろんペットもだ。今は存在の気配もないけれど、もしかすると家に巣くっている鼠やノミの命もである。

それだけでいい。私の任務はそれで充分だ。この頃私には、その単孤な使命が見えて来た。

曽野綾子（その・あやこ）

●一九三一（昭和六）年東京都生まれ。作家。本名は三浦知壽子。カトリックのクリスチャン。

●聖心女子大学英文科を卒業後、一九五四（昭和二九）年に「遠来の客たち」で芥川賞候補となり、作家デビュー。『虚構の家』『神の汚れた手』『時の止まった赤ん坊』『天上の青』など小説の他、『誰のために愛するか』『人間にとって成熟とは何か』など、エッセイでもベストセラー多数。

●一九九五年から二〇〇五年まで日本財団会長を務め、国際協力・福祉事業に携わる他、二〇〇九年から二〇一三年まで日本郵政社外取締役を務める。

●作家の三浦朱門とは一九五三（昭和二八）年に結婚。以後、氏が二〇一七年二月三日に逝去するまで六十三年あまり連れ添う。

初出　「週刊現代」二〇一八年一二月一日号〜二〇二〇年三月一四日号
単行本化にあたり、加筆修正を行いました。

N.D.C. 914.6　191p　18cm
ISBN978-4-06-520874-8

続《ぞく》　夫《おっと》の後始末《あとしまつ》　今《いま》も一《ひと》つ屋根《やね》の下《した》で

二〇二〇年八月一七日第一刷発行
二〇二〇年九月二八日第二刷発行

著者　曽野綾子《そのあやこ》

発行者　渡瀬昌彦
発行所　株式会社講談社
東京都文京区音羽二丁目一二―二一　郵便番号一一二―八〇〇一
電話　編集　〇三―五三九五―三四三八
販売　〇三―五三九五―四四一五
業務　〇三―五三九五―三六一五
印刷所　凸版印刷株式会社
製本所　株式会社国宝社
定価はカバーに表示してあります。　Printed in Japan